安晓旭

我希望我的故事里，永远没有坏人。

我向往这个世界，一片祥和，一片温馨。

雷海生
此生望晓月，雷动海上生。
秋水长天恨离散，一生一世一双人。

杜长天
我在等你，你在等谁？
今生今世。来生来世。

白夜救赎之

查无此人

安子 著

北京航空航天大学出版社
BEIHANG UNIVERSITY PRESS

图书在版编目（CIP）数据

白夜救赎之查无此人 / 安子著. -- 北京 : 北京航空航天大学出版社, 2020.7
ISBN 978-7-5124-3134-8

Ⅰ. ①白… Ⅱ. ①安… Ⅲ. ①长篇小说—中国—当代 Ⅳ. ① I247.5

中国版本图书馆 CIP 数据核字（2019）第 216646 号

白夜救赎之查无此人

出版统筹：邓永标
责任编辑：曲建文　舒心
责任印制：刘　斌
出版发行：北京航空航天大学出版社
地　　址：北京市海淀区学院路 37 号（100191）
电　　话：010-82317023（编辑部）　010-82317024（发行部）010-82316936（邮购部）
网　　址：http://www.buaapress.com.cn
读者信箱：bhxszx@163.com
印　　刷：天津画中画印刷有限公司
开　　本：787mm× 1092mm 1/32
印　　张：9.375
字　　数：210 千字
版　　次：2020 年 7 月第 1 版
印　　次：2020 年 7 月第 1 次印刷
定　　价：58.00 元

如有印装质量问题，请与本社发行部联系调换
联系电话：010-82317024

月来满地水，云起一天山。

嗟见此茂秀，今为一聚灰。

日暮东风怨鸣鸟，落花犹似坠楼人。

光无渗漏方灵妙，玉虹垂地照天明。

序言　查无此人

每个人，都有杀人的动机；

每个人，都有完美的证明；

每个人，都在保护一个看似并不存在的人。

凶手，究竟是谁？

这是一起发生在办公室里的案件，看似意外猝死，背后却是惨烈的绑架案件。

办公室里的每个人，似乎都有完美的无罪证明。

随着调查的展开，每个人似乎都有故事，又似乎都有杀人的动机。

究竟是意外死亡还是谋杀，死亡背后的绑架案件究竟又牵涉了多少人？

是集体作案，还是集体庇护？

每个人，似乎都在保护一个看似并不存在的人，而在城市的某一角，却蹊跷地发生了一起自杀案件。这起自杀案件，是否和办公室里的死亡案件有关联？

那一张张看似漠然而正义的面孔背后，究竟隐藏着怎样的秘密？

究竟谁才是真正有罪的人？

究竟谁才是真正被救赎的人？

究竟是谁被隐藏了起来？又是谁被保护了起来？

一场迷局层层揭开，最终的守护者究竟是谁？

都市的霓虹下，到底是正义和善良的反抗，还是邪恶与贪婪在作祟？

每个人都是真的，每个人都是假的。

究竟谁在审判谁？

一切终会揭晓。

月来满地水，云起一天山，最终，都是为了爱，为了爱而生，为了爱而死。

尘埃落定的那一刻，一起登上诺亚方舟。

目录

contents

第一节

重新做人

终于，铁门打开，我被许可踏出这爬满铁丝网的高墙。

站在铁门外的，是四年来，我朝思暮想的温暖；是每个探视日，带给我好吃的、好玩的、好看的，最重要的是带给我心上人消息的他——杜长天。

我在铁门前站住，怔怔地看着老杜，心底里不禁波澜万丈，又一次想起那首写在《呼啸山庄》上的诗：

炊烟起了，我在门口等你。
夕阳西下，我在山谷等你。
叶子黄了，我在树下等你。
细雨来了，我在伞下等你。
流水冻了，我在河畔等你。
生命累了，我在天堂等你。
等我老了，我在来生等你。
我在等你，你在等谁？
今生今世，来生来世。

身后穿制服的狱警终于不耐烦起来，例行公事般嚷嚷：“出去后重新做人。”我这才意识到——我，该走了。

是啊，我该走了，回望这个住了整整 1461 天的羁绊之所，还是感到锥心刺骨的痛。

那个人呢?

那个用生命成全爱、成全我的男人——雷海生，他什么时候才可以走出这扇铁门呢?

一脚门里、一脚门外的时候，我回头对门内的制服男说："谢谢。"这两个字，倒令他有些吃惊，僵硬的面孔上露出了一丝生硬的笑意，声音也温和了起来，不过还是那句话："出去后好好做人。"

我又何尝不想好好做人?

海生又何尝不想好好做人?

倘若人生可以推倒重来，我们能否真的有机会好好做人?

在曾经的白夜救赎里，我们又何尝不是倾尽全力，想要好好做人?

老杜接过我手上的包袱，转身的时候，冲我微微笑了笑，我也禁不住冲他微笑。是啊，是该笑一笑了，我，终于出来了。

由于我表现良好，在服刑期间，帮助石门监狱设立了石门图书角，石门监狱因此连续三年荣获基层监狱精神文明建设奖，所以我被减刑，提前释放。这多少也让我有些意外，在我无可计划的人生规划中，原本是打算鼓励雷海生多多立功，争取和我一起出狱的。

至于我是谁的谁，谁是我的谁，在上一场的白夜救赎中，都已揭晓。当下，我的人生，究竟要走向何方，依旧无可计划。

只有一点永不改变，那就是：我在等他，今生今世，来生来世。

老杜的声音从前方飘过来："想吃啥？"

我忍不住在他身后又一次微笑起来，这就去吃午饭啊？也是，出来了，总该吃点好吃的，也算小小地庆祝一下，庆祝我的重生。我出来了，和我一起建设图书角的雷海生，用不了几年，也该出来了吧？

"涮羊肉！"我的声音里，一定饱含了生机和活力，此刻，在我眼里，9月底的北京秋高气爽，上午10点钟的太阳一派晴朗，连云朵都像棉花糖一样可爱。

老杜回头看了我一眼，眼睛弯成月牙，嘴角向上翘了起来。

坐在红油翻滚的铜锅前，隔着升腾的雾气，看对面的老杜。四年前就已经光亮的头顶，依旧明晃晃，头顶四周残存的稀稀拉拉的头发茬，也已经半白，想到他在世间最近的亲人——他的儿子雷海生，还在高墙之内，不知几年后才可以像今日的我一样大口吃肉，禁不住鼻子发酸。

刚吃了几口，尖锐的手机铃声就响了起来，这铃声竟然与高墙内的起床号一般无二，我禁不住一激灵。

老杜掏出手机，看了一眼号码，接了起来。

"今天我休息。"老杜的语气里隐约藏着不满。

"除了我，队里其他人就不是活人？"

"别给我戴高帽，今儿没空，明儿到队里再说。"

"行了行了，别磨叽了，有见证人没有？位置？一个小时后到。"

挂了电话，老杜叹了口气，抬眼，隔着热腾腾的雾气冲我微笑："你有安排吗？"

"什么？"明知故问，我刚出来，偌大的北京，我能投奔的温暖，除了你，还是你，我能有什么安排？

"那吃完就跟我走吧，出现场，给我当见证人，希望你见了尸体不会把羊肉吐出来。"老杜一脸无奈。

老杜啊老杜，你能不能让我好好吃一顿涮羊肉？你又不是不知道，本姑娘已经四年没有大快朵颐了。

"见证人？什么是见证人？"

"见证人就是见证人，快吃，吃了走。"

我隔着雾气瞪了老杜一眼，加紧了往嘴里塞肉的节奏。

在我和雷海生入狱的第二年，杜长天就重新穿上了警服，不过由于有吸毒的黑暗经历，他的四个哥哥又都涉毒，所以这一次，他从刑警支队缉毒大队调到了刑警支队技术大队。

四十分钟后，我和我的小包袱，都坐在出租车的后座上，老杜坐在副驾驶座上。

这就是我安晓旭的新生吗？

难道"出去后重新做人"，就意味着即将面对一具尸体？

老杜，难道你忘了，我也杀过人吗？

好吧，命中注定是你的孩子，就任你挟裹着，走向另一场人生。

潞水湾小区真的好美，弯弯曲曲的水道，连绵环绕的小桥，各种珍奇的树木，若隐若现的凉亭，颇有些亭台楼榭的味道。刚从高墙之内走出的我，走在潞水湾的小桥上，竟然有种天上人间的恍惚感。

老杜却将我瞬间拉回人间，他递过来一副白手套，低声嘱咐：“戴上，进屋后不要乱摸。”

这栋楼位于小区的最深处，案发现场是一套普通的两居室。

我们抵达的时候，120 和 110 的车都已经停在了楼下，单元门口也已经拦上了警戒线。

两居室内，除了一具尸体和一群警察，还有五个战战兢兢的大活人杵在屋里。

这套两居室显然是用来办公的，客厅加饭厅，足有三十平方米，非常宽阔。朝南的落地窗后是阳台，摆了一张小茶桌和一把休息用的藤椅。阳台的北面就是客厅，摆了两列共八张电脑桌。客厅和餐厅用两个木质书柜隔开，上面摆满了书籍。餐厅靠近入户门，左边靠近厨房的位置，摆了一张餐桌和几把凳子；右边靠近门的地方摆了一张窄条桌，桌上有饮水机，还有快递单子、快递袋子等杂物。整个大厅井井有条，排列有序。

我们进门的时候，屋里除了几个面无表情的警察，还有四女一男，或站或坐，围在餐桌旁。

我和老杜在书柜的东侧站定。

书柜的南面，也就是最后一张办公桌的后面，有一条走廊，通向西边的两间卧室。尸体头朝西，脚朝东，躺在这条不到两米宽的走廊里。

还好，看到死尸的那一瞬间，我还真没感到太过恐惧，因为这名中年男子的死状的确不算血腥，还因为老杜就在我身旁。

地板上既没有血迹，死尸身上也没有伤口，如果不是蜷曲的姿势有些怪异，皮肤惨白，嘴唇乌青，我甚至以为他不过是晕倒而已。

一名四十上下、挺着啤酒肚的矮个警察，皮球一样挪了过来，在老杜耳边低声咕哝了几句。

接着，一位蹲在尸体旁、戴着白色乳胶手套、架着黑框眼镜的黑瘦民警扭过头，对老杜说："初步断定是心梗，不排除药物中毒的可能。"

老杜看了一眼啤酒肚，幽幽地问："120 怎么说？"

啤酒肚撇撇嘴："已经没有抢救的必要了。"

老杜又看向黑瘦眼镜的民警："估计死亡时间？"

"眼睑和脸部肌肉已经僵硬，已经死亡两到三个小时。"眼镜警察边说边在尸体的手指上，用小刷子刷上一层黑色粉末，然后用胶带粘下粉末，贴在一张白色透明的塑料片上。他的动作非常轻，每个手指都做完后，便小心翼翼地将塑料片放进透明的自封口塑料袋里。

我看得发呆，毕竟这是我第一次见到警察"出现场"。

老杜见我一直盯着死尸，担心我吓着，轻轻地触碰了我的手臂。

我回过神来，咽了一口唾沫，扭过头，勉强给了他一个微笑。

老杜对我说："站着别动，也别乱摸。"然后他走向围坐在饭桌前的四女一男。

第二节

发生在办公室里的命案

这四女一男表情各异，或站或坐，围在餐桌前。

正对着我们坐在餐桌最里面、靠近厨房的，是一名胖乎乎的短发女孩。她长着一张大饼脸，幸而五官也长得比较粗犷，眼大、鼻子大、嘴大，所以从面部看起来，倒并不显得十分肥胖。

不过我怎么都觉得这名短发女孩的脸，看起来有点拧巴，仔细端详，才意识到，原来她的额头上竟然只有一条眉毛！也就是说，她的两条眉毛，竟然没有像平常人一样从中间断开，而是完全连在了一起，像一个粗重的“一”字，平平地贯穿在额头的下方，眉尾略微上挑。

一字眉女孩穿一件宽松的白底碎花棉布衬衫，靠在椅背上，两只手臂交叉地抱在胸前，微蹙着眉头，目光戒备而紧张。不知为什么，她让我想起周星驰的老电影《功夫》里的包租婆，似乎就差满头的卷发器和嘴角的香烟了。

一字眉女孩的左侧，坐着一名戴着红框眼镜、扎着马尾辫的女孩。她穿一件灰色长袖 T 恤，一副良家妇女的模样，坐在那里比一字眉女孩要高半头。马尾辫女孩低着头，两只手放在桌下，身子向一字眉女孩倾斜，表情惶恐，几乎就要倚靠到一字眉女孩的身上了。

在餐桌靠近大厅的位置上，坐了一名瘦弱而白皙的长发女孩，她扎着整齐的麻花辫，穿一件素净的绿色长裙。她显然吓坏了，眼睛盯着餐桌上的一块污渍，像要盯出洞来，两只手不停地绞着麻花辫，身子似乎在瑟瑟发抖。

在麻花辫女孩的身后，站着一位披着开衫的三十开外的中年女子，她戴着黑框眼镜，五官拼凑得实在不算好看，小眼睛、高颧骨、翻鼻孔、薄嘴唇。不过她倒沉稳些，两只手放在麻花辫女孩的双肩上，偶尔小声地安抚一句。

而在翻鼻孔女孩的外侧，也就是背对着老杜的位置上，坐着一名男子。这名男子身材清瘦，白衬衣早已泛黄，他背对着我们，双臂趴在餐桌上，脸埋在手臂里，花白的头顶彰显着他的年龄。

“谁最先发现尸体的？”老杜开始发问。

也许是因为只有一字眉女孩目不斜视地盯着老杜吧，她第一个做了回答。

“我。我早上 9 点一开门，就发现程老师躺在地板上了。”

一字眉女孩的语气没有丝毫的颤抖，眼神也没有丝毫的闪烁，这难免让我惊讶，这种情况下，这个不过二十五岁上下的女孩，怎么会如此镇定、如此从容？

“哦？”我看见老杜撩起眼皮，好奇地盯着一字眉女孩：“你了解急救常识吗？”

“了解，地铁里和公交车上的移动电视都常常放。我当时迅速给程老师做了人工呼吸，累得我胳膊都酸了，也没啥效果。”一字眉女孩一脸笃定。

“哦？做了多久？”老杜饶有兴趣地问。

“直到小刘进门。”

一字眉女孩旁边的女孩就是马尾辫小刘，此刻，她抬起头，垂头丧气地说：“我是 9:15 来的。”

“你叫什么名字？”老杜继续问一字眉女孩。

“冷月。”

“哦，小冷，你为什么没有在第一时间拨打 120 或者 110？”

我不喜欢老杜这样质问，换作我，可能也不会在第一时间报警，而是选择迅速急救。

“没想起来。”冷月的回答简洁而果断。

“那是谁报的警？”

“我”，马尾辫小刘有气无力地说。

啤酒肚凑了过来，在老杜的耳边嘀咕了两句。老杜点点头，审视的目光看向这四女一男。

“这两天有什么和平常不一样的事情发生吗？”老杜的话题转向新的方向。

这一次，麻花辫女孩身后的翻鼻孔女孩率先开了口：“警官，昨天早上，程老师一进办公室，就气急败坏地打电话问家里的阿姨，孩子有没有回家，又打电话给派出所，问有没有找到他的孩子。”

“你们都听到了？”老杜疑惑地问。

“是啊，他边打电话边往屋里走，我当时在饮水机前接水，他随后又接到一个电话，就站住了，在我的座位后，拉开凳子坐了下来。”翻鼻孔女孩边说边指了指书柜南面，走廊入口前的最后一张办公桌。

“哦，他接了一个电话？电话里说什么？”

翻鼻孔女孩想了想，看向冷月，“我没听见，当时小冷就在程老师身后，她应该能听见一点。”

我看见冷月狠狠地剜了翻鼻孔一眼，然后转过脸来，对老杜说：“我当时的确就在程老师身后，我看见他一屁股坐在凳子上，怕他翻倒，就赶紧走了过去。”

“那你听见电话里说了什么？”

“断断续续地听见两句。”

“说什么？”

“说 30 万，说他儿子。”

老杜微微点了点头，然后转过脸，看向啤酒肚。啤酒肚摊开手，耸了耸肩，低声说：“程鸣后来的确打电话给 110，说有人绑架了他的儿子，跟他要 30 万，要他晚上送到化工厂门口右边的石狮子后面。绑匪还不许他报警。”

就在这时，冷月站了起来，她抱着膀子，立在餐桌后，胖胖的身子摇晃着，不阴不阳，略带不屑地说：“我当时就跟他说了，别报警，这种亡命徒，什么事儿都干得出来，万一撕票怎么办？”

“哦？他怎么说？”老杜抬眼看冷月，目光炯炯。

“他说绑匪怎么可能知道他报了警。”

“是啊，绑匪怎么可能知道？”

冷月拉开凳子，从餐桌后走了出来，依旧抱着膀子，胖乎乎的身子继续摇摆，倒有些趾高气扬的架势：“我对他说：既然敢绑你的儿子，肯定了解你的情况。你怎么敢确定，咱们的办公室里就没有窃听器？你怎么能确定你的手机就没有被监听？现在技术这么发达……”

老杜歪了脑袋，盯着冷月，嘴角浮现出一丝不易察觉的玩味之意。

然而，就在这个时候，那个清瘦的麻花辫女孩突然尖叫起来，冲进书柜北侧的卫生间，随即，卫生间里传出歇斯底里的哭泣声。翻鼻孔随后冲了过去，拍打着卫生间的门，喊道：“小张，不要怕！小张，不要怕！没事的，没事的！”

始终背对着我们，将脑袋埋在手臂里的男子，此刻终于抬起头，站了起来。他转过身来，叹了口气，走向卫生间。而我这才发现，这张面孔与花白的头发并不相配，这个男子不过三十出头。

马尾辫小刘则叹了口气，趴在餐桌上。

冷月也摇摆着胖胖的身子，走向卫生间，路过老杜身边的时候，幽幽地说：“她该吃药了。”

第三节

死者背后的另一起绑架和撕票

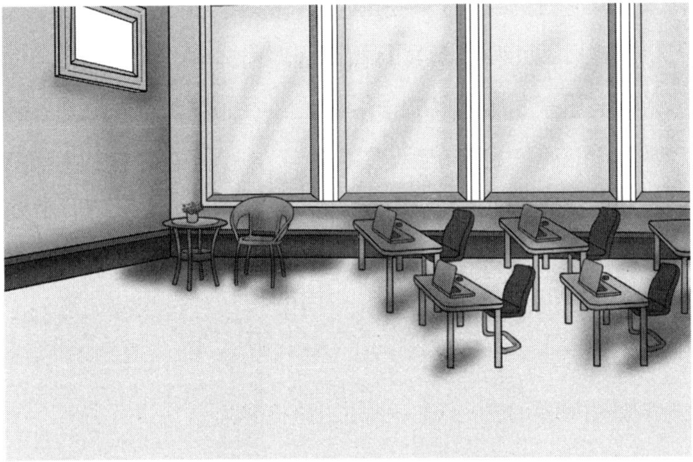

跟老杜回到蒋宅口的时候，已经下午 4 点多了。自从我和雷海生入狱，这套房子就一直空着。

回来的路上，老杜问我，“你打算住在哪儿？”

我笑着问他：“我能住在哪儿？”

他也笑了，迟疑了片刻，略微红了一下脸，对我说：“你要是不介意，可以和我一起住在月坛北小街，也可以自己住在以前你住过两次的那套房子里。”

我摇了摇头，答道：“如果可能的话，我想住在蒋宅口。”

老杜愣了一下，抬眼看我，眼神真挚：“你一个人住在蒋宅口？”

我使劲地点了点头。

他盯着我，看了足足有三分钟，最后终于微笑着冲我点点头，说：“好吧。”

四年了，道路两侧的建筑，多多少少有了一些变化，蒋宅口的小区里，树木也长大了许多。睹物思人，走进房间的时候，我似乎觉得，雷海生就站在这套房子的某个角落里，看着我，静静地看着我。

老杜见我发呆，轻轻地拍了拍我的肩膀：“安子，你还是去我那儿住吧，你一个人住在这里，不安全。”

我没有回答，径直走进屋里，将小包袱放在皮沙发上，灰尘腾起，在房间里飞扬。

老杜在我身后叹了口气，我能想象他那张无奈的脸。

“你打算以后怎么生活？”他的声音从身后传来。

“还没想。”除了等雷海生出狱，我真的什么都没想。

“给你。”

我回过身，看见老杜递过来一张银行卡，“密码还是你的生日。”

我皱起眉头，疑惑地看着老杜。

“里面有二十几万，是我这几年攒的，够你开个小店，养活自己。”

我没有接过老杜递过来的银行卡，而是转身打开门，走出去，轻车熟路地打开门外左侧水表间里的水闸。然后回到屋内，踮脚掀开进门后左手墙面上方电表箱的盖板，扳上了电闸，然后又合上了盖板。然后，我走进卫生间，寻了一块硬邦邦的旧毛巾，打开水龙头，用水浸湿，拧到半干，攥着走回客厅，开始擦拭满屋的灰尘。

老杜默默地看着我，重重地叹了口气，弯腰将银行卡放在堆满灰尘的茶几上，轻声说：“安子，你总得干点啥吧？你现在找工作恐怕不容易啊！”

我半晌没有说话，最后，擦完皮沙发，我直起腰，转向老杜：“今天这个案子有点意思，特别是那个一字眉的女孩。”

“哦，还不能确定是猝死还是他杀。”

“要不，我跟你一起破案？”我饶有兴趣地看着老杜。

老杜看着我，苦笑，“你？你不怕啊？”

“怕什么？你忘了，我也杀过人。”我也苦笑着答他。

他抬了抬眉毛，无奈地摇摇头，笑着说，“可我没钱雇你。”

“你是海生的爸爸，海生是我的丈夫，他还没出来，我给你打工，帮你破案，你支付我费用，不是理所应当吗？”我歪着头，看着老杜。

我看见他渐渐涨红了脸，然后又尴尬地笑，最后耷拉了脑袋，蔫蔫地说：“拿你没办法。”

这一次轮到我走过去，拍了拍他的肩膀，说：“嗨，精神点，大叔，我们会是一对好搭档！”

当晚7点多的时候，老杜敲响了蒋宅口的房门，他是来找我吃晚饭的。

这一次，我选了小区门口的“沙县小吃”，简单便宜，只为和老杜说说话。

“你去局里了？”

“嗯。”

“这个案子你负责？”

“嗯。”

“真好，那明天我就和你一起去调查吧？”

“调查什么？”

“调查潞水湾那具死尸的死因啊？”

“尸体送去解剖了，等尸检报告出来，自然知道死因。”

“啊？那不调查，就这样等着？”

“没你想的那么简单。”

“嗯？”我皱起了眉头，在高墙内呆了四年，没学会什么，倒是对犯罪、罪犯、破案和犯罪心理越来越感兴趣。

“我下午调查过了，死者叫程鸣，死亡的前一天，5 岁的儿子被绑票，绑匪索要 30 万赎金。”

“哦，那上午那几个人说的都是真的喽？现在孩子呢？绑匪呢？”

“昨天晚上，孩子就死了。”老杜面无表情地看向我。

“什么？死了？”我的声音不由自主地提高了一个八度，咽了一下口水后，我瞪大了眼睛，看着老杜。

“程鸣昨天早晨一接到绑匪的电话就报了警。当晚，在化工厂门前，程鸣把装满钱的提包放在右边的石狮子后面，却没见到绑匪和自己的儿子。12 点多的时候，他接到一个电话，绑匪要他拎着装钱的提包，到附近美华公寓旁边棚改区的破楼里去，说一手交钱，一手放人。

“美华公寓旁边，有一排曾经因为失火被强制搬迁的破楼，如今被列为棚改区。警察监听了程鸣的电话，悄悄地跟着他往破楼走。不想路过美华公寓的时候，从楼上扔下来俩烟幕弹，然后程鸣就不见了。”

“烟幕弹？”我诧异地盯着老杜，这可比我想象的要复杂多了。

“后来呢？”

“后来警员听到了哭号声，在美华公寓后面停工半年的建筑工地上，发现了程鸣和他的儿子。同时，110 和 120 也接到了报警电话和求救电话。”

“他的儿子已经死了？”我有点心跳加速。

“当时他抱着儿子，5 岁的孩子满身是血，送到医院的时候已经没气了。”

“绑匪呢？绑匪抓到了吗？”我紧张地问。

“没有，不过有线索。工地上有很多巨大的水泥管，一根根排着，水泥管里的灰尘非常厚，有明显的脚印，顺着水泥管跑向远处。”

“那就赶紧顺着脚印找啊？”

“脚印的尽头是一个巨大的水池是污水处理厂的净化池，脚印到那里就不见了。”

“哦，绑匪也许跳进净化池游走了吧？”

“很难说，正在调查，净化池通向一条排污渠，绑匪也有可能顺着排污渠游走了。”

“那一提包的钱呢？”我忍不住问。

“不知去向。”老杜歪着头，又说：“不过有一点，你绝对想不到。”

“什么？”

“现场除了程鸣和他的儿子，还有一个人。”

“谁？”我的心提到了嗓子眼里，“快，快告诉我是谁？”

“小冷！”老杜幽幽地冲我微笑。

“她怎么会……”

“我问过她了，她说早上听到程老师的电话，不放心，晚上打电话给程老师，就慌忙赶了过去。”

“这倒有点蹊跷。”被称作“小冷”的一字眉女孩，她的表现本来就多少让我觉得有点怪异，当下，更让我迷惑不解。

“现场水泥管里的脚印，被小冷踩得一塌糊涂，她说她看见了绑匪，说绑匪身高足有一米八，至少有一百六七十斤。她说自己顺着管子追了过去，眼睁睁看见绑匪跳进了净化池。冷月后来和程鸣一起送孩子去的医院。孩子的死亡原因是剧烈的撞击和压迫。”

“撞击和压迫？”我大为不解。

“对，后脑遭到剧烈的撞击，体内多器官被挤压破裂，导致死亡。”

我禁不住又咽了口吐沫，这个死法有点骇人，“绑匪怎么这样虐待孩子？太残忍了！”

“不要轻易断言是谁害死了孩子。”

“不是绑匪又是谁？”

“程鸣说他在烟雾中迷失了方向，被人蒙了眼睛，带到了那里。然后见到了带着黑色头套的绑匪，绑匪推搡、摔打孩子，他拼了老命才抢回了儿子，可儿子已经……”

“哦，可怜的父亲。”我禁不住十指交叉握了起来，抵在下巴上，垂下了眼帘。

“安子，你真的有兴趣面对血腥的案件吗？”老杜皱了眉头，歪着头看着我，目光里满是疑惑。

我笑了，拿起筷子，指了指面前的小菜，“快吃吧，大叔，我说了，我们会是一对好搭档。”

老杜也笑了，“安子，没想到，四年过去了，你倒比四年前开朗了许多。”

我眯着眼睛看着他，认真地说：“老杜，你并不知道这四年我过的是什么样的生活，你并不知道这四年我的内心经历了怎样的涅槃。如果说四年前，我所有的勇气和力量，都来自过去的爱与温暖，来自你与海生的救赎；那么四年后的今天，我所有的勇气和力量，就不仅仅来自过往和你们，它们来自我的内心。人生没有什么时候是最好的时候，也没有什么时候是最坏的时候，只有心灵的成长，是最宽阔最坚定的力量。只要能活着，就是幸福；只要能活着走到阳光里，就是恩赐。所以，我要好好活，为自己，也为海生，也为——你，不是吗？”

第四节

潞水湾死亡现场

第二天一早，天刚亮，我就爬了起来，对于我这个“重新来过”的新人，这是我在高墙之外的第一个早晨，我一定要好好珍惜。或者说，以后，在高墙之外的每一个日出、每一个日落，我都要好好地“重新来过”。

早晨跑步的时候，我的脑海里，一遍遍地回放着昨天上午潞水湾那套两居室里的一幕幕。

冷月显然是最独特的一位，也是对整个事件了解最多的一位。在她彪悍的外表下，在她戒备的眼神后，到底藏着怎样的灵魂？

麻花辫为什么会冲进卫生间哭泣？显然大家都很关心她，那么她究竟是不是如冷月所说：该吃药了？那么她究竟生了什么病？吃的什么药？

即便叫程鸣的中年大叔的确是猝死，这起案件也够老杜和我忙活了，总得抓住害死程鸣5岁儿子的罪犯吧？

看着不远处拎着油条和豆浆向我走来的老杜，我的心里充满了温暖的力量。

好吧，新生活，让我来迎接你的挑战吧！

老杜可没我这么兴致勃勃，如今的他，虽不像四年前那么蔫头耷拉脑，不过声音里照旧充满了无奈：“徐峰昨晚大半夜打来电话，说程鸣的家人到了，他老爹和前妻都不同意解剖尸体。”

我接过那份油条和豆浆，坐在楼门口的花坛边，边吃边侧脸问老杜：“为什么不同意？”

老杜一屁股坐在我旁边，打开塑料袋，边咬油条边喃喃道：“唉，说是死无全尸怎么入祖坟。”

我忍不住嘟囔，这都什么年代了，还有这么封建的家属啊，就不怕查不出死因，找不到凶手，泉下之人死不瞑目啊？

老杜看了看我，苦笑一声：“没办法，虽然法律规定，死因不明的可以强制尸检，可俩大活人拼死阻拦，也够徐峰受的。”

想到啤酒肚徐峰那球一样的身躯，被一个老头和一个妇人推来搡去，我忍俊不禁：“你要是真想帮你的同事，就赶紧开始调查吧。”

“安子，你真有兴致？那就快吃，吃完咱俩去潞水湾。”

抵达潞水湾的时候，刚过8点。门上贴了封条，尸体已经搬走，房间里空无一人。阳光穿过落地窗跌落室内，灰尘在空气中飞舞，一切静寂无声。这一切，令我略感恐惧。跟在老杜身后，我小心翼翼地站在书柜的东侧，环顾四周。

我照旧学着老杜的样子戴上白手套，然而我什么都不敢碰，也不知道自己究竟能做什么。

老杜有条不紊地查看着每一张办公桌，边看边跟我絮叨：“这张一定是小冷的桌子，瞧，桌子后面的空间比其他桌子后面的空间都大得多。”他说的是靠近阳台右边的第一张桌子。桌子上放着笔记本电脑和水杯，还有一支签字笔。

老杜边说边小心翼翼地拉开抽屉，抽屉里凌乱地放着纸、笔、纸条、笔记本和两本书。老杜拿起其中一张字条，看着看着，竟然嘴角翘起，从鼻子里发出一声冷笑。

我好奇地盯着他，他冲我一挥手：“别木头一样杵着，过来拍照”。

那是一张超市小票，正面已经模糊不清，背面写着几行粗犷而扁胖的字：

盐　一袋　2.5 元

土豆　两斤　2.8 元

白醋　一瓶　6 元

洗洁精　4 元一瓶，我把剩下的半瓶拿走了，算 2 元

这是什么？难道是报账的账单吗？这也未免太搞笑了吧，洗洁精剩下半瓶，拿走了，还算两块钱？这是为了表明自己的大方吗？这该是一个多么斤斤计较的人啊！想起冷月那张戒备的脸，想起她时时刻刻抱着的双臂，我的心里充满了疑惑。

我用手机拍下字条，老杜小心翼翼地把它放回了原处。

“为什么不拿走？”我禁不住问。

“她会回来的。”

是吗？就算回来了，少了一张纸片又能怎样？老杜，你是怕打草惊蛇吗？

接着，老杜又拿起抽屉里的书，看了看封面，又翻了翻。书的内页有几处折了起来，看来看书的人读得非常认真。

老杜边看边摇头，“这可真不像女生会读的书。”原来，老杜手里的这本书，是《箴言录》。

“谁说女生不会读，我在监狱里就读了《时间简史》。”我不服气，小声地反驳。

“可你会读《沉思录》吗？”老杜拿起另一本，在我眼前晃了晃。

“这是什么书？《沉思录》？”我还真没听说过这本书。

这时，一个杯子顺着拉开的抽屉的斜面滚了出来，老杜伸手接住了杯子，瞅了瞅，皱着眉头说：“这个杯子，不应该是这张桌子的主人的。”

“为什么不应该？”不就是个普通的黑杯子吗？谁说女生不能用黑色的杯子？像冷月那么粗犷的女生，就该用黑色的杯子。桌子上那个瓷杯子虽然是白色的，不也胖嘟嘟、圆滚滚、看起来很粗糙吗？如果非要说这两个杯子有什么“性别差异”，顶多也只能说抽屉里这只黑色杯子比桌子上的胖杯子干净一些，不过既然放在抽屉里，也应该先洗干净再收起来吧。

然而此刻，老杜却已经将杯子翻转了过来，杯子底部印有“IKEA”四个字母。老杜摩挲着杯子，问我：“一个连半瓶洗洁精都要计较的人，难道会跑老远的路，到宜家去买个杯子？网上代购也不可能，快递费比杯子都贵。如果是顺路，她买回来会塞进抽屉，束之高阁？”

说着，老杜举起杯子，示意我拍照，然后皱着眉摇了摇头，我禁不住心里嘀咕，老杜又在想什么？

接着，老杜一转身，看向身后的桌子，这张桌子上只摆了一台笔记本电脑，显然这个座位没人坐。

在这间办公室里，所有的电脑如出一辙，都是黑色的笔记本电脑。

老杜用戴着白手套的手指在桌面上蹭了一下，手套上沾了薄薄的一层灰尘。老杜反手拉开抽屉，里面空无一物。

老杜又走到靠近阳台左边的第一张桌子前。“这张桌子应该是那个少白头的，这杯子可真够脏的，这么厚的茶渍，看来没少熬夜，估计天天喝浓茶。”

他照旧拉开抽屉，看完后，向后一转身。

“这张桌子真干净，是麻花辫女孩的吧。”老杜盯着身后的桌子嘀咕，弯腰反手拉开抽屉。这个抽屉整齐得就像超市的货架，里面摆放着一个卡通封皮的笔记本，一支钢笔和两个白色的小药瓶，还有两块包装上画着黑熊的巧克力。药瓶上没有标签，老杜从口袋里掏出两个小号的透明自封袋，撑开来，分别从两个小药瓶里倒出一粒药，分别装进两个自封袋里。然后将自封袋封好，放进自己的口袋里。最后，将小药瓶小心翼翼地放回原处，合上了抽屉。老杜做这些的时候，小心而仔细，神情专注，这让我心生钦佩，没想到，老杜也有这么认真的时候。

“咦？这张桌子是谁的？”他又走到右边的第三张桌子后，用戴着白手套的手指在桌面上蹭了一下，手套上随即沾了厚厚一层灰。

“也许是马尾辫女孩的吧？”我随口应道，毕竟桌子上摆着保温杯，还随意地摆着两本书，不像没人坐的样子。

“不像，马尾辫女孩不会用子弹头保温杯。”老杜用另一只手弹了弹指尖上的尘土，在笔记本电脑盖上蹭了一下，照样也沾上了厚厚的灰尘。老杜又拉开抽屉，抽屉里除了几张空白的打印纸和一支签字笔，什么都没有。

“这张桌子的主人应该有些日子没来了。”我想我的判断不会错，但至于是什么样的人，男人，还是女人，我猜不准。

老杜又转身看向身后的桌子。这就是右侧的第四张桌子，也就是书柜前面靠近走廊的，属于翻鼻孔的那张桌子。

翻鼻孔女孩的桌子上，靠近墙的位置，立着一个与众不同的小巧的置物架，放着水杯、手绢、卷纸、风油精、便笺纸和铅笔等物品，倒是一副整齐主妇的做派。抽屉里还放着两本幼儿英语书，一支签字笔，几张空白的打印纸，几块裁剪整齐的布料和针线，以及一把大铁剪，两个空易拉罐。我看不出，这些东西里有什么有价值的线索。老杜却盯着那把大铁剪看了半天，还特意让我从不同角度拍照。

老杜又走向左边的第三张桌子。这次不用他说，我都能猜出来，这张一定是马尾辫女孩的桌子。桌上不仅有可爱的带盖水杯，还有漂亮的头绳。更让我笃定的是，笔记本电脑的旁边除了眼镜盒，还有一个白白的小瓶子，上面赫然贴着药名：叶酸片。叶酸片是怀孕或者打算怀孕的女性的必备药，昨天的四女一男中，看年龄，看相貌，也就马尾辫女孩会吃这种药。

老杜走过去，拿起叶酸瓶子晃了晃，里面发出少量药片碰撞的声音。老杜撑开一个小号透明封口袋，打开瓶子，倒出一粒药，装进了封口袋里。

在老杜身后的桌子上，和其他桌子一样，放着笔记本电脑，不过桌上即没有水杯，也没有书。我学着老杜的样子，用带着白手套的指尖划过桌面和笔记本电脑的盖子，一样厚厚的一层灰，显然这个座位没有人坐。

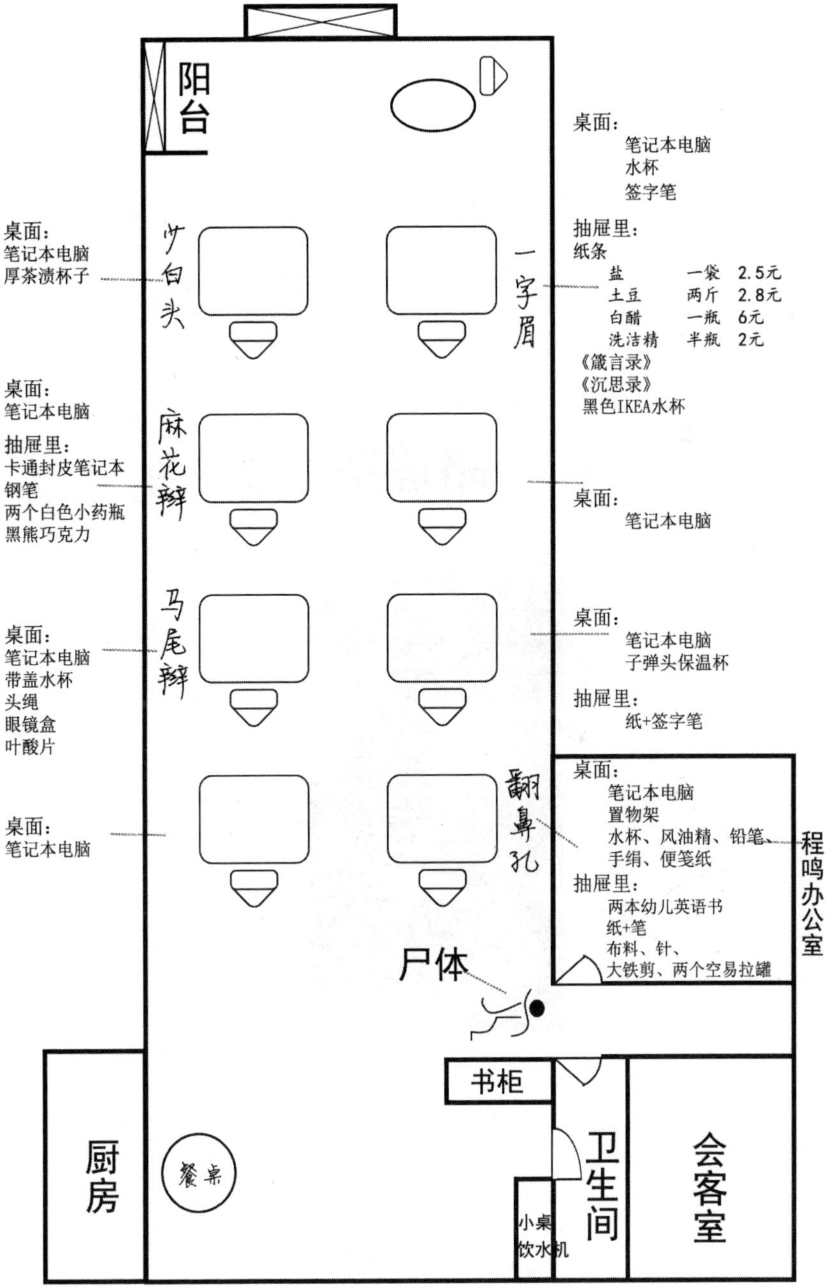
阳台
桌面：
笔记本电脑
水杯
签字笔
抽屉里：
纸条
盐 一袋 2.5元
土豆 两斤 2.8元
白醋 一瓶 6元
洗洁精 半瓶 2元
《箴言录》
《沉思录》
黑色IKEA水杯
一字眉
少白头
桌面：
笔记本电脑
厚茶渍杯子
麻花辫
桌面：
笔记本电脑
抽屉里：
卡通封皮笔记本
钢笔
两个白色小药瓶
黑熊巧克力
桌面：
笔记本电脑
马尾辫
桌面：
笔记本电脑
带盖水杯
头绳
眼镜盒
叶酸片
桌面：
笔记本电脑
子弹头保温杯
抽屉里：
纸+签字笔
桌面：
笔记本电脑
翻鼻孔
桌面：
笔记本电脑
置物架
水杯、风油精、铅笔、
手绢、便笺纸
抽屉里：
两本幼儿英语书
纸+笔
布料、针、
大铁剪、两个空易拉罐
程鸣办公室
尸体
书柜
厨房
餐桌
小桌
饮水机
卫生间
会客室

第五节

一路追踪

程鸣工作室，创办于三年前，创办人程鸣，现年 38 岁，崇铭大学设计系主任，博士生导师。工作室主要从事海报设计、广告设计、平面设计、动画设计等。以工作室的形式存在，无营业执照，工作人员只有与设计项目有关的劳务合同，无劳动合同和社会保险。

在过道南侧，程鸣自己的办公室里，我们看到了这个工作室三年来所设计的一些海报和广告资料，以及程鸣在设计行业获奖的证书和有关机构颁发的聘用证书。

老杜还从啤酒肚徐峰那里要来程鸣随身携带的钥匙，打开了档案柜。除了一些书籍和资料，老杜带着我，对档案柜里的几瓶药和几个档案夹进行了重点筛查。

引起我兴趣的，是档案柜里一个夹了许多张个人简历的档案夹，里面有昨天那四女一男的简历。有意思的是，冷月竟然是崇铭大学的研究生，去年才毕业。

我挑出了四女一男的简历，冲老杜挥了挥：“接下来，我们就从这四女一男里寻找线索吧？”

老杜叹了口气，冲我摇摇头，伸过手来，把简历接了过去，又把整个夹子都拿了去。一张张拍照后，递回我：“还记得顺序么？按顺序放好这四张，放回原处”。

后来，老杜又从程鸣办公室的窗台上，采集了茶叶罐里的茶叶，取了一袋袋装咖啡；又从程鸣办公桌的抽屉里，采集了一些药片。

老杜做这些的时候，允许我在程鸣办公桌侧对面的长沙发上坐着。这个长沙发，算得上是这套房子里唯一一件让我感觉柔软的东西，很宽很大，想必程鸣累了的时候，也会在这里坐一坐，躺一躺。

离开这间办公室的时候，我问老杜："为什么不拿走那些东西？"

"什么东西？"

"药瓶，纸条，或者任何有可能成为线索的东西。"

"不。"老杜摇摇头。

"为什么？"我感到不解。

"不要破坏现场。"

我们的第二站，是化工厂。

由于北京严查环境污染，距离潞水湾三站地的东明化工厂，早在两年前就搬走了，不过化工厂的大门还一直矗立着，祭奠着曾经的喧嚣。

东明化工厂门前的两个石狮子威武依旧，然而身边荒草丛生，这二兽也难免寂寥。老杜小心翼翼地走近右边的石狮子，边走边查看地上的脚印，围着这头石狮转了一圈后，又走向左边的石狮子。

而我，满眼除了杂草，什么也看不到。

突然，我看见老杜将手伸进左侧石狮子的肚子下面，然后，两只手指夹出了一根细细小小的黑色发卡，是那种中年女性常用的比大头针大一些的古老的黑色小发卡。

老杜捏着发卡端详了半天，我也凑了过去。那是一个崭新的小发卡，没有锈蚀，也没有掉漆。

看着老杜小心翼翼地把小发卡放进了自封袋，我忍不住问：“真奇怪，哪个女人会到这荒无人烟的地方来，还把发卡掉在石狮子的肚皮底下？这种地方阴森森的，一点也不适合约会。”

我们的第三站，美华公寓。

东明化工厂向南一站地，就是美华公寓。我和老杜从化工厂一路走过来，穿过一条狭窄破落的小巷，又磕磕绊绊地从一片正待改建、已经拆除、人迹罕至的废墟上走过来，才终于看见了美华公寓的四层楼。

美华公寓由一所学校的宿舍楼改建而成，一共四层，每层有几十个独立的小房间，每个房间十几平方米，楼层的两头各有一个公用的洗漱间和卫生间。

我们走进美华公寓的时候，门口传达室的小窗户里，一个胖胖的中年妇女正在津津有味地看电视，边看边笑，边往嘴里塞薯条之类的零食。

老杜带着我，顺着楼梯，径直走上了四楼，然后轻车熟路地找到了通往楼顶的安全通道。

我跟着老杜爬上了美华公寓的楼顶，忍不住问道：“你来过这里？”

“没有。”

“那你怎么知道这里的结构？”

“所有的宿舍楼都差不多。”

“我们来这里干什么？”我还是忍不住要问。

“你忘了？烟幕弹是从这栋楼上扔下去的。”

“可扔烟幕弹的人肯定早就跑了啊！”

“不一定。”老杜一脸严肃。

“肯定跑了，没人会傻到坐着等你来抓。”

“安子，你听说过灯下黑吗？”

“你的意思是，最危险的地方就是最安全的地方？”

“对喽！”老杜回头冲我笑了笑。

我还是摇摇头，一屁股坐在楼顶的大石头上。

大石头上插着根铁杆子，很结实，不远处，还有一块大石头，一样插着杆子。两根杆子间的绳子上，晾晒着各种各样的衣物。

这个楼里，住的一定都是单身男女或者打工族，瞧这绳子上晾晒的衣服，有的破旧，有的瘦小，有的稀奇古怪，有的早就晒脱了色。也难怪，好一点的衣服，估计也不会这样堂而皇之地晾晒在这里。

在老杜低头捡钱一般在靠近道路一侧的地面上寻找蛛丝马迹的时候，我将两只手放在脑后，懒懒地倚在身后的杆子上。等等，我发现了什么？头顶的这件衣服，为什么和冷月那天穿的那件一模一样，难道最近流行这种白底碎花棉布衬衫吗？

老杜见我半天没动静，扭头看过来，目光却一样落在我头顶的那件衬衫上。我看见他的眼神闪了闪，然后迅速走过来，掏出手机，把一张照片放大，又放大，然后截了个图，发给了我。“把这张照片给门口那个胖婆娘看，问你的同学冷月住哪个房间。”

“我的同学？”

我心里笑了，拿着手机看了看照片，然后狡黠地冲老杜眨眨眼睛，转身下楼。

我喜欢这样的过程，总有发现，总有惊喜。

楼下传达室的胖阿姨，正对着电视剧里的小鲜肉流口水，我热情地喊了她好几声，她才皱着眉头转过脑袋，不悦地看着我：“干啥？”这胖阿姨的声音真粗，如果不是她坐在这里，我一定以为问话的是个五大三粗的大老爷们。

“大姐，我找我同学冷月，忘了她在哪个房间。”说着，我把手机递了过去，上面显示着老杜从冷月的简历上截图的那张一寸照片。

“小冷啊！ 411。”奇怪的是，回答的时候，胖阿姨竟然满脸堆了笑。

胖阿姨说完，脸就转了回去，继续盯着屏幕上的小鲜肉流口水，我忍不住又问：“大姐，冷月这会儿在吗？”

胖阿姨有点不耐烦，不过还是转过头来回答：“不在吧，我没见她回来，你上去瞅瞅，要是在，问问她今晚能不能给我儿子推推天河水。”

我爽快地应了一声：“好！”拔腿上了楼顶。要去411，要面对冷月，还是要老杜出马。倒不是怕自己莽撞，会打草惊蛇，而是自己毫无经验，看不到那些有价值的线索。

我以为，在我离开的这一段时间里，老杜一定在提取衬衣上的指纹。然而再见到老杜的时候，他竟然蹲在楼顶的护栏后面，在粗糙的地面上拣石子，随后半个身子趴在护栏上，向下看，吓得我禁不住大叫："老杜！"

过了好一会儿，他才收回了半个身子，仔细查看起护栏来。

第六节

奇幻存在冷大仙

敲响 411 的房门前，老杜叮嘱我，“少说，多看，多想。”

然而，我屏息凝气地在 411 门前站了很久，也没人出来开门。

就在老杜和我正准备离开的时候，一个三十出头、穿着破旧、皮肤黝黑、土里土气的女子，拉着一个穿开裆裤的男娃娃，从楼道一头的洗漱间出来，朝我们走来。

这黑女人好奇地盯着我们，在隔壁的 410 房间门前站住了脚。

“你们找冷大仙啊？”她边问我们，边从口袋里掏出钥匙，打开 410 房门上的铜锁。

“嗯嗯，我找我同学冷月。”冷大仙？我忍不住好奇起来，为啥这隔壁的女子管冷月叫冷大仙呢？

“哦，她一早就出去了。你是她同学？那你是不是也会看病？我家老二眼睛红了，是咋回事？”这黑女人把男娃娃推到我面前，热切地盯着我。

“呃……”我一时语塞。

这是怎么回事，冷月不是崇铭大学的研究生吗？她简历上填写的专业可是动画设计，难道她兼修临床医学？崇铭大学又不是医科大学，怎么可能有临床医学专业呢？

老杜赶紧来帮我解围：“上火了。给娃娃用盐水冲冲眼睛，一天三次。再买一瓶氯霉素眼药水，就一两块钱，睡觉前点两滴，三天就好了。”

黑女人一听，眼睛里闪着光芒，“哎呀，你是冷大仙的老师吧？我娃运气好，遇见冷大仙这样的邻居，少花好多看病的冤枉钱。来，进屋等，二宝，搬小凳去。”

说着，黑女人推开410的房门，就把我和老杜往屋里让。我有些踟蹰，老杜却不客气，抬脚就进了410号房间。

这是多么小的一个房间啊，一张双人床，一张桌子，一把椅子，几乎就占满了整个房间。剩下的，也就只有落脚的地儿了。怪不得黑女人张罗儿子搬小凳，这床上堆满了衣服和被子，还有某幼儿园的书包。看来她还有个大儿子，在附近上幼儿园。这屋里能坐的地儿，除了那把椅子，也就只有落脚之处了。

“你为啥叫她冷大仙啊？”坐下后，我第一个开了口。

“大家都这么叫。她搬进来这一年，给多少人看过病啊。她开的药，一副抓下来最多也就十块钱，少的也就几块钱，她给方子又不要钱，不是大仙是什么？”

老杜点点头，接茬问：“她只看病？”

“不是，她会算，孩子起名她给算，孩子运程她也给算。”

“要钱吗？”

“不要钱，所以是大仙嘛！”

“大人给算吗？”

“她不给大人算，说大人天目已闭，改不了命，不如不知。不过千万别把她惹毛了，惹毛了她在神仙跟前说你几句坏话，你吃不了兜着走。”

“有谁惹毛过她？”

“前些日子412的几个男的打牌，叫唤到后半夜。大仙急了，两次敲412的门，他们就是不听，嚷嚷个没完没了，吵得附近几家都睡不着。最后，大仙施了个法，这几个人第二天全都跑肚拉稀。”

“哦？”我听得稀罕，睁大了眼睛看着黑女人。

“妈妈，我要鲜花饼，鲜花饼……”那个穿开裆裤的娃娃，突然扯着妈妈的衣服哼唧起来。

“瞧，咱们说大仙，二宝就想起大仙给他的鲜花饼了。”黑女人说着，把娃娃抱进怀里，“二宝不闹，等大仙回来，二宝问问她还有没有花瓣，要是没了，等明年桃花开了，大仙一定会给二宝做鲜花饼吃，乖！”

黑女人哄完孩子，转脸问老杜：“大仙早就说她有个导师，要来看她，这您总算来了。咋没提前给她打个电话呢？”

“哦，我顺路过来，她不在就算了。我这就走了。”老杜起身准备告辞，我也赶紧从小凳子上站起来。

“她这几天回来晚，有时候晚上11点才回来。您要打算等她，就先给她打个电话。”

“不了，你也不用告诉她我们来过，省得她觉得错过了，心里堵得慌。”

“好。”

我却忍不住插了一嘴：“她晚上一个人11点回来？多不安全啊！”想起那条破落幽暗的小巷，想起那片遍地瓦砾的废墟，我咽了一口唾沫。

“她是大仙，怎么会怕？再说她走夜路从来都带刀，前几天大宝半夜拉屎，我带他去水房，正巧大仙回来，手里就拎着一把菜刀。”

“啊？”我瞪大了眼睛，眼珠子几乎要从眼眶里掉出来。

“她不总是带菜刀，冬天的时候，她把水果刀插在靴子筒里。这不天热吗？没地儿藏吗？”

没地儿藏半夜也不能拎把明晃晃的菜刀在街上晃荡吧？这个一字眉小冷，还真是个诡秘莫测的角色，又会看病，又会算命，又是研究生，完全超出我的想象。

老杜却不动声色，起身道谢，转身走出了410房间。

然而，在穿过长长的走廊，走向楼梯的时候，我却总是觉得，有一束目光在盯着我们，如芒在背，回头去看，只见所有的房门都紧闭着。那一瞬间，我突然觉得，自己有些不安，虽然是名正言顺的调查，却有种做贼的忐忑。

中午，我们在美华公寓旁边一个在简易板房里开的小饭馆吃了板面。老杜带着我围着美华公寓溜达了一圈，才找到这家在门板上写着“安徽板面”四个字的小馆。

踏进这间简易板房之前，我略有犹豫，这里毕竟太简陋，我吃什么都成，可总要讲究卫生吧。老杜看出了我的彳亍，笑着拍拍我的肩膀，“别小看这些小店，很多手艺都不错。大店小店都差不多，多吃两掰蒜就成了。”说完，他抢先一步，跨进了这间板房。

这间店简直不能叫小店，叫微店还差不多。一座不到十平方米的简易板房被隔板分成了两半，后面几平方米显然是厨房，从浸满油渍的半截布帘后面，传出抽油烟机的轰鸣声；前面几平方米的地方只放了一张长条桌，桌子下面挤挤挨挨地摆着六个塑料方凳。敞开的门板前，也就是“安徽板面”四个字的下面，斜倚着几张折叠桌，摞了两摞塑料方凳。而在板房的一头，挂着彩灯做成的“串”字，板房的铁皮墙上，贴着“早餐”两个字。

我们进门的时候，干瘦的老板娘正叉着腿，坐在门口的一个小板凳上洗海带，见我们进来，赶紧用围裙擦了手，跟了进来。

“两碗板面。”

“大碗小碗？”

“都要大碗。”老杜看了我一眼，我点了点头。

“辣的还是不辣？”

“都要辣的。”老杜素知我的口味，我也就不用开口了。

老杜又让老板娘给拍了个黄瓜，好歹也算是有菜吃了。

伴随着隔板后抽油烟机的轰鸣声，我和老杜讨论起这个让我大跌眼镜的一字眉冷月。

“老杜啊，依你看，这个冷大仙到底是个什么样的人？”

“女人啊。”

我瞪了老杜一眼，“说正经的。”

“正经的？你等会儿问问老板娘。”老杜毫无表情。

“啊？”老杜这出的是哪张牌？就算是一字眉小冷住在美华公寓，也不一定就会来这家民工饭店吃饭啊？这明摆着就是给重建那片废墟的民工们开的小馆嘛！

正说着，一个包工头模样的黑胖子走了进来，扯着嗓子嚷嚷：

“老板，我的面好了没？”

我懒得多看那粗鲁的黑胖子，接着问老杜：“冷大仙才多大，就又会治病，又会算命……”

老板娘挑门帘，端出两碗板面，每个上面还躺着一只荷包蛋，“好了，荷包蛋照旧四成熟。”

黑胖子满意地笑着，伸出粗大的两只手，去端桌子上的两碗面，对我和老杜说：“你们也认识冷大仙啊？她可是牛人，上次在胡同里被小偷偷了手机，拎着板砖就把小偷给拍地上了。谁要是娶了她，比石狮子还镇宅啊！”说完端着两碗面大步走出板房。

我一脸诧异，看向老杜。

老板娘笑着朝我们走过来，“你们的面马上好，再等下。”

老杜背对着老板娘，冲我眨了眨眼睛，我随即明白，便问老板娘：“你们都认识冷大仙啊？”

老板娘笑了，“是啊，要不是她，我还不知道东明路的海底捞能免费吃爆米花、吃水果、喝饮料、擦皮鞋、做指甲，吃完做完不吃海底捞也没人会给你脸子看。要不是她，我也不知道穿过美华公寓后面的地下通道，上来就有个麦当劳，可以随便进去上厕所，还有卫生纸用。”土里土气的老板娘，显然把这些免费资源看成了高档而便利的所在。

老杜没说话，冲我又眨了眨眼睛，好吧，算你神机妙算。

“她真的用板砖拍了小偷？”这件事我听着怎么这么不真实。

“是啊，我们好几个人在胡同口乘凉，都看见了。就算她不拿板砖，小偷朝我们这边跑过来，我们也会截住。不过没想到，她愣是从地上抠了块砖，一砖头就把小偷给拍那儿了。”

“后来呢？”

“后来她骑小偷身上就揍，要不是胡同口那头的黑车司机打了 110，估计小偷得给揍个半死。”

“啊？”这一次，我不仅仅是大跌眼镜了，连眼珠子都要掉出来了。

“然后呢？”

“然后警察就来了。”

“小偷被抓走了？”

“没有。”

“为啥小偷没被抓走？”我在高墙内四年，听过不少稀奇古怪的事情，不过这件事，倒真出乎我的意料。

“警察问咋回事，冷大仙说小偷偷她的手机。警察又问报警的黑车司机，那俩黑车司机都说没看见小偷偷东西，就是俩流氓打架，看快打出人命来了，就赶紧报了警。”

此刻，我除了张开嘴巴，惊讶地一声又一声“啊”，什么也说不出来了。

第七节

崇铭大学人物碎片之程鸣

在我27岁的人生经历中，从未遇到过像一字眉小冷这样奇幻的存在，她的形象，已经从昨天我所见到的那个充满戒备、双臂紧抱的胖女孩，变成了一个穿着黑色斗篷、骑着扫帚、面目不清的女巫。这个女巫，究竟是乐善好施的真超人，还是表里不一的腹黑女，我无可判断。

直到这顿饭吃完的时候，我才回过神来，想想刚才吃的宽宽的板面，味道应该还不错，否则我也不会始终沉浸在对一字眉小冷的想象中，而没有被眼前的饭食所吸引，直到看见老杜面前的蒜皮，我才恍惚想起，老杜刚才剥了蒜，放在他和我的碗里。

走出板房的时候，老杜冲我笑，眼神里满是爱怜，他低声说："一切都正常，慢慢走着瞧。"

也许在老杜眼里，任何人、任何事，都不足为怪，然而我却无法理解、无法想象，甚至无法将眼中看到的冷月，和美华公寓410那女子嘴里的冷大仙，以及板面老板娘嘴里的冷大仙，还有黑胖包工头嘴里的冷大仙，拼合成一个立体的人。

好吧，权当一切都正常，慢慢走着瞧。

下午，老杜带我去了程鸣任职的崇铭大学，也就是一字眉小冷读研究生的那所学校。

走进校长办公室，老杜未曾开言，就从裤兜里掏出证件打开，摊在那位头发花白、眼角堆满褶子的老校长面前。金灿灿的“公安”两个字，倒是和老杜一向内敛而平淡的表情有些出入，我难免感叹，电视剧里，那神情严厉而威武的警察，倘若真的走进生活，估计一出场，就把嫌疑人给吓跑了。

只见老校长倒吸一口气，脖子往后缩了缩，随即是一丝礼节性的微笑，摊开右手，伸向一侧的沙发，示意我们坐下。

老杜收了证件，坐在沙发上。我也坐了下来，目光落在四壁上高挂的几幅大红锦旗上。尤其让我好奇的是，除了几副写着“春雨润物，明德育才”“教授固有方，桃李满天下”“遍栽桃李树，广育栋梁材”等词句的锦旗外，竟然还有一副写着“人间自有真情在，救死扶伤暖人心”的锦旗。

老校长见我盯着那副锦旗皱起了眉头，轻声说：“这是一位老人送给我们的学生的，老人在路上晕倒，我们的学生救了他。”说完，老校长转向老杜：“民警同志，你是来调查程主任的情况的吧？”

老杜的嘴角略微向上翘了翘，算是回了老校长一个微笑。

“听说程鸣老师突遇不幸，我们都感到非常遗憾，他是一位非常优秀的教师，刚刚评上副教授，前途无量啊。”

“程鸣老师是什么时候来任教的？”老杜的调查就此开始。

“程鸣原来就是我校的学生，他在我校读了本科、研究生，然后留校做了设计系的老师，后来又在我校读了博士，是我们崇铭大学培养的杰出人才，没想到，年纪轻轻，竟然……”老校长摇着头，垂下了眼帘。

“您知道程鸣老师有什么旧疾吗？”我忍不住问。

“没听说，不过现在的年轻教师，大都过于忙碌，不仅在学校授课，还到处做讲座、开公司，每年体检都得有几个出现这样那样的问题。”

“程鸣老师自己开了个设计工作室，您知道吗？”老杜开口问。

“略有耳闻，毕竟他做设计系主任好几年了，开个工作室，学生做毕业设计也有去处。”

“既然程鸣老师从本科就在这里就读，那么你肯定对他的成长和家庭有所了解吧？”老杜问道。

老校长轻轻摇了摇头，“我也不是特别清楚，我来本校不到五年，论在本校的资历，还不如程鸣老师。不过听说程鸣老师的前妻是前任校长的女儿。”

“哦？”我脑海里冒出一个为了留校，或者为了升职而拼命追求校长千金的穷学生的形象。

“那现在呢？他离婚后再婚了吗？”我问。

“程鸣老师四年前离的婚，半年后和他的学生、设计系的一名硕士研究生结了婚。”

“那名硕士研究生叫什么名字？”我突然想到了一字眉小冷，无视老杜的存在，继续追问。

“叫什么？我记不清楚了……”老校长边说，边起身走到档案柜前。

片刻之后，老校长递给老杜一张“教职工登记表”，里面姓名一栏写着“程鸣”，而配偶一栏则写着“杜娟”两个字。

我看了老杜一眼，他依旧神色如常，平淡无奇。我却难免蹙眉，我倒是希望配偶一栏写的是冷月的名字，那样的话，似乎一切就有了迎刃而解的可能。

“那现在程鸣老师的太太杜娟在本地吗？”老杜突然冒出这么一句。倒也是啊，如果在，为什么现场只有那四女一男，为什么在程鸣的儿子被撕票的案发现场，出现的是冷月，而不是程鸣的太太杜娟？

“哦，应该不在吧，听说和程鸣结婚没多久，她就考上了美国一所大学的博士，出国读书了，后来获得了绿卡，就很少回来了。”

我的脑海里，又出现一个年轻蓬勃，一心出国，无所牵挂的少妇形象。

“程鸣老师在学校里人缘好吗？有没有宿敌？”老杜接着问。

“人缘？说不上，年轻教师们现在都忙，除了每周学校给安排的几节课之外，一般都不在学校。也没听说他有什么宿敌。要不您二位请移步设计系，问问他们系的老师和学生，他们应该比我更了解程鸣老师。”

崇铭大学的设计学院，堪称本校的明星学院，从这里走出的莘莘学子，有很多就职于全国甚至世界著名的广告公司、设计公司，虽然崇铭大学在全国的排名尚不能进入前五，但是崇铭大学的设计学院，却是所有院校设计类专业中最著名的学院。

崇铭大学的设计学院位于崇铭大学南校区深处，踏进设计学院，迎面都是各种新颖独特的设计作品，让我眼界大开。

走进设计学院的办公楼，接待我们的是设计学院的代主任。代主任身材笔挺，快言快语，开门见山。

“警官同志，您好，我是设计系的代主任，我不姓代，姓王，程鸣老师离开后，由我暂时接替他的工作，所以老校长叫我代主任，您叫我王老师就好。对于程鸣老师的意外，我们设计系的师生都非常悲伤，程鸣老师是个好老师，教学水平一流。”

老杜和这位代主任，也就是王老师握过手之后，转眼看了看我，冲我微微点了点头，我明白，老杜的意思是，这场盘查由我来发起。

“王老师，您和程鸣老师共事多久了？”

“三年。”

“也不算短了。在您看来，程鸣老师是个什么样的人呢？”说完，我看了老杜一眼，希望他不要对我这个外行加新手的不专业提问感到不满，还好，他还是一脸平淡。

“程鸣老师是个什么样的人？”王主任皱起眉头，双手交叉合拢，沉吟了片刻。“这么说吧，学生们都比较喜欢听他的课，不过也都有点怕他。老师们也都喜欢听他的课，但是大都和他没有深交。”

“哦。”一个独来独往、天马行空的程鸣，出现在我的脑海里。

“有没有和他走得特别近的老师或者学生？”

“老师应该没有。学生？”王主任合拢的双手，各自伸出中指，然后指尖相对，触碰了几次之后，接着说：“我来之后，就知道去年毕业的研究生冷月是他的得意门生，其他学生，似乎都不敢过多地靠近他。”

“为什么不敢过多的靠近他？”我接着追问。

“说不上来，他比较严厉吧，或者说，是独具威慑力吧。他很少表扬学生，如果能够得到他的青睐，那肯定是与众不同、天赋独特的学生。”

“那那个叫冷月的学生，成绩如何？”

“非常优秀，而且非常独特。”

“怎么个独特法？”

“你们在校长办公室里看到一副‘救死扶伤’的锦旗了吗？那就是送给冷月的。据说她出身于中医世家，不仅同学们找她看病，有的老师也找她看病。”

哦，这就对了，怪不得美华公寓的三位被调查人员都管一字眉小冷叫“冷大仙”，看来这个“大仙”也还是有出处的。

“程鸣老师最近在学校里遇到过什么特别的事情吗？”我尽我所能地提出问题。

“这倒没有。”

“这一届刚毕业的学生，或者明年毕业的学生，有在他的工作室做毕业设计的吗？”老杜突然发问。

“没听说。我们学院的毕业生不愁去处，除非是老师自己带的研究生，否则没必要去本校老师开的工作室。”

“为什么？”我难免好奇。

王老师笑了：“钱少啊，老师用学生，钱都给得不多，有的可能都不给钱。”

我咽了一口口水，尽量不表现出吃惊。

正说着，有人敲门，王老师喊了一声“请进”，一名头顶冒着热气，一脸血气方刚的男生走了进来：“王老师，您喊我？”

“对，这是下周动画设计的测评方案，这是下下周平面设计的测评方案，你贴到公告栏里，我等会儿再给你发个微信，你转发同学群里。”王老师一边说，一边递给这名男生两张纸。

“好。”接过纸张，男生转身就走，又被王老师叫住：

“刚打完篮球吧？”

“嗯！”

“这两位是警察同志，来调查程鸣老师的有关情况，正好你本科、研究生都是程主任的学生，你来说说你对程主任的看法。”说完，王主任就去查看办公桌上的另外几份通知，显然对于程主任的话题，他已意兴阑珊。

第八节

崇铭大学人物碎片之冷月

这位男生倒也不怯懦，和王老师一样开门见山：“警察同志你们好，我是设计学院的在读博士张飒，本科和研究生都是程主任教的我。程主任是我们的好老师，他的课讲得生动有趣，就连外系的学生都常常来蹭课，是难得一见的好老师。”

然后呢？就这些吗？我转眼看老杜，我们想要的线索在哪里？

老杜清了清嗓子，开了口：“哦，张飒，你能不能带我们多见几名程主任曾经的或者现在的学生？”

张飒一脸蓬勃的笑：“好啊！”

老杜倒是实践派，与其在王老师的办公室里推磨，还真不如多找几名学生聊聊。

告别王老师，出了设计学院的办公楼，张飒就喋喋不休地跟我们聊起了设计学院的家长里短。张飒是个非常活泼、非常直爽的男孩，今年 26 岁，是王老师的得意门生。他读研究生时，是程鸣的学生，后来王老师来了，就转投王老师门下读博士。问及为什么没有继续跟着程老师读博，他的回答很有趣：“程老师不喜欢男生，喜欢女生。”

张飒当然也是冷月的同学，由于已经有了美华公寓的三位被调查者的描述，所以他对于冷月的描述，倒也没有让我特别吃惊。

“小冷是个好姑娘，古道热肠，勤俭节约，爱打抱不平。就是太好胜，从不肯认输。对了，她会中医，还会算命，特神道。”

后来，张飒带我们去设计学院的图书馆、自习室和教工宿舍，先后见了一名图书管理员、三名学生和一位老师，这五人分别是：

在设计学院图书馆工作了十年之久，历经设计系图书室、设计系图书馆到设计学院图书馆的图书管理员高鹏程。

张飒的同学、冷月读研究生时的室友门若婷，现在就读设计系博士研究生。

张飒的学弟、当下在程鸣门下读研的李东潜。

张飒的学妹、当下在程鸣门下读研的张春纯。

张飒的学长、杜娟读研究生时的同学、现在在设计学院任教的老师岂鑫。

从这几个人的描述中，我们分别得到了如下信息：

据设计学院图书管理员高鹏程说，程鸣从读书时代就是认真努力、一丝不苟的好学生，同样，他追女孩也是千方百计、绞尽脑汁的。

程鸣在研究生时代追求前任校长的女儿。为了和那个女孩一起上自习，他天天从自习室找到图书室，从不气馁。程鸣被拒绝了好多次，有一段时间他天天喝酒，喝醉了就在图书馆下面大声喊那个女孩的名字，弄得满城风雨。后来两个人就走到了一起。

冷月是程鸣的得意门生，冷月读研究生期间，有几次，高鹏程看见程鸣在图书馆教师阅览室的休息室里给冷月开小灶。不过程鸣的严厉是出了名的，高鹏程亲眼看见他动手拍打冷月的脑袋，骂她不开窍。

高鹏程对冷月的印象非常好，设计学院的图书馆刚建好的时候，正好是夏天，电还没通，学生们嫌热，大都不来，冷月却天天来，借了好多书回去看，而且不仅仅借设计方面的书，什么历史、医学、天文、小说，能借的都借去看。有一次，高鹏程中暑了，头晕心慌，站立不稳。冷月取下胸口别的校徽，从他口袋里掏出打火机，烧了烧校徽的针尖，然后在他的人中和头顶各扎了一针，挤出血来，他很快就好了起来。

而张飒的学弟，当下在程鸣门下读研的李东潜，则说程主任曾经给他们布置过很多高难度的设计作业，与其他老师布置的不同，后来有的同学还在地铁站的灯箱广告和公交车的车体广告上看见了他们的设计作业，显然程主任把他们的设计作业给卖了。也有多事的学生，去跟程主任要钱，可谁去要钱谁就会挂科，后来大家都不愿意认真做作业了。

张飒的学妹、当下在程鸣门下读研的张春纯，说程主任是颜值派，谁长得好看就解答谁的问题，据说有的女同学还和程主任滚过床单。

最有意思的是张飒的学长，杜娟读研究生时的同学，现在在设计学院任教的男老师岂鑫的描述。他说程主任是个色鬼，杜娟一进校，他就盯上了。后来他给杜娟挂了七科，杜娟没办法，跟他上了床，结果杜娟挂的那七科，竟然四科都改成了选修，系里那些这四科挂掉的同学们为此欢呼雀跃，举杯庆祝。听说杜娟研究生期间怀孕好几次，都做掉了，还有一次大出血，半夜被 120 接出了女生宿舍，影响非常不好。后来杜娟毕业前又怀孕了，听说医生不建议流产，程主任不得已离了婚，和她结了婚。当时岂鑫以及其他一些同学都去参加了杜娟的婚礼，说感觉程主任对杜娟很敷衍。再后来，听说杜娟还是习惯性流产，然后就听说她出国读博士了。

而最神奇的描述，则是张飒的同学，冷月读研究生时的室友，现在就读设计系博士研究生的门若婷的描述。在她嘴里，冷月在学校里完全是一个神一样的另类。门若婷说，冷月一进校，就建了一个微信群，名字就叫设计学院二手物品交易群，作为群主，她不仅积极张罗大家入群，而且自己也身体力行，大到自行车，小到肥皂、洗面奶，都在群里交易。说到这里，门若婷还说，冷月是大神，她除了吃饭和打电话以外，穿衣和日常用品几乎都不用花钱，她把大三、大四的本科生、设计学院的研究生，还有别的学院的学生统统拉进群里，甚至把学校附近开小店的老板娘们也拉了进来。一个群不够，后来又建立了设计学院二手物品交易二群、三群、四群。学生们一毕业，或者寒暑假回家，会扔掉很多东西；小店撤店或者换季，会处理很多东西。冷月作为群主，能用的统统拿来，不能用的，就积极促成交易，有家境贫寒的，她就帮忙淘二手或者找到免费送的物品。可是，如果就此以为冷月同学生活寒酸，那就大错特错了。二手和节俭，并不意味着生活艰苦，比起大多数同学，冷月的生活简直可以称得上豪华了。她拥有的东西比大多数同学都多，光暖瓶就有四个，甚至还有一个二手烤箱和一个二手的大浴盆。寒冷的冬日，她会打四壶开水，等大家都睡了，独自跑到水房去泡澡。有一次，门若婷起夜，竟然看见冷月在水房里，舒适地躺在冒着热气、飘满玫瑰花瓣的浴盆里。后来，还有几名女生分别见识了冷月用桃花瓣和木瓜片泡澡，大为惊叹。不过不用想，大家也知道，冷月同学是绝不会自己买玫瑰花瓣、桃花瓣和木瓜片泡澡的，一定是学校后面的足浴店撤店的时候，免费送给她的，或者是在桃花盛开的季节，她自己从学校附近的森林公园采来的。

冷月还会看病和算命，开始的时候，大家都不相信，不敢让她看，偶有女生痛经、中暑，她就主动给捏两下，揉两下，还真管用。后来就有胆大的，感冒发烧、拉肚子什么的，就找她给看，她也不要钱，还真是手到病除。有发烧的，她将自己的大浴盆套上一次性泡澡袋，打上四瓶开水，扔进去一些花瓣，让发烧的女生泡澡，进行物理降温。后来不仅她们宿舍的女生，她们班的女生，就连外班的，甚至外系的同学，有点小毛病，都来找她看，看好了就轮流请她吃饭；轮不上请她吃饭的，就给她交手机费。以至于渐渐的，冷月同学连饭费和手机费都几乎不用自己掏了。至于算命，门若婷说，她没算过，因为当时她没有谈恋爱，很多谈了朋友的女生和男生找冷月算过，据说还挺准。门若婷还说，她们宿舍的女生问过冷月，有没有给自己算过姻缘。冷月说，她的命不好，将来肯定会嫁个离婚头。

冷月还是大家公认的女侠，爱打抱不平，会打架。有一次隔壁宿舍戈筱兰的男朋友发疯一样冲进女生楼，抓着戈筱兰的头发就往外拖，戈筱兰死猪一样嚎叫，女生们都害了怕，戈筱兰宿舍的女生们都躲进了水房。冷月却从宿舍里冲了出去，举起拳头照着那个男孩的脸就打了过去，结果那个男孩当时就撒了手，捂着流血的鼻子朝冷月扑了过来。冷月也没后退，顺手从隔壁宿舍里抄出一把凳子，劈头盖脸照那男孩就砸了下去。男孩见冷月来势汹汹，转身就跑了。后来，冷月同学还向戈筱兰同学传授了“御夫”

良方，说打架要会打，手腕上套个橡皮筋，挂上宿舍钥匙，关键时候将钥匙攥在手心里，钥匙的小头朝外，塞在食指和中指的指缝间，握紧拳头。这样，打在对方的鼻子上，就算是你的拳头没有威力，尖锐的钥匙也能挫伤对方。当时戈筱兰宿舍的女生看着冷月用一把钥匙演示，都大为惊叹。

门若婷还说，冷月还会做被罩，做香皂，烤鲜花饼，修自行车，临近几个宿舍的女生和系里的许多任课老师都收到过冷月做的香皂、烤的鲜花饼、手工制作，肥皂好用、鲜花饼好吃……周末冷月还会跑到学校外面的小河去抓鱼，然后捡树枝烧火烤鱼、烤土豆吃——土豆是从学校后面的小菜市场淘换来的，她常常用不花钱拿到的二手货去跟小商小贩淘换东西……

至于程鸣，门若婷的表述是：人已死，不论是非。

至于程鸣和冷月的关系，门若婷的表述是：程鸣不可能喜欢冷月，学校里没有一个男生会喜欢冷月，也没有一个男人会喜欢冷月，她太神奇，太彪悍，神一样的存在，女侠一样的女孩，没人能降服她，除非她自投罗网。而冷月也不太可能喜欢程鸣，程主任当然优秀，但是冷月那么不食人间烟火的姑娘，学习成绩好，年年拿奖学金，没有理由跟程主任滚床单。

不过程鸣对冷月的确不错，有时候会给她开小灶，对此，门若婷的解释是：作为主任，程老师也得有一两个得意门生，好保住他在学生中的威信、在学校里的稳固地位。

另外，据门若婷说，虽然神一般存在的冷月同学没有男朋友，但她的人缘是真不错，常有朋友来看她，有女生也有男生。冷月同学对谁都一样的古道热肠，大侠风范。

第九节

小猫吃油条

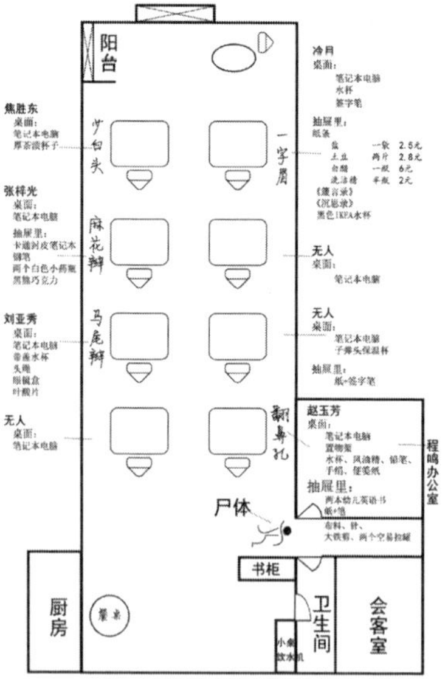

阳台
冷月
桌面：
笔记本电脑
水杯
签字笔
抽屉里：
纸条
盐 一袋 2.5元
土豆 两斤 2.8元
白糖 一瓶 6元
洗洁精 半瓶 2元
《沉思录》
黑色IKEA水杯
焦胜东
桌面：
笔记本电脑
厚茶渍杯子
少白头
一字眉
张梓光
桌面：
笔记本电脑
抽屉里：
卡通封皮笔记本
铅笔
两个白色小药瓶
黑糖巧克力
麻花辫
无人
桌面：
笔记本电脑
刘亚秀
桌面：
笔记本电脑
带盖水杯
头绳
眼镜盒
叶酸片
马尾辫
无人
桌面：
笔记本电脑
子弹头保温杯
抽屉里：
纸+签字笔
无人
桌面：
笔记本电脑
翻鼻孔
赵玉芳
桌面：
笔记本电脑
置物架
水杯、风油精、铅笔、
手绢、便签纸
抽屉里：
两本幼儿英语书
纸+笔
布料、针、
大铁剪、两个空易拉罐
程鸣办公室
尸体
书柜
厨房
卫生间
会客室
小桌
饮水机

天黑下来的时候，我和老杜走出了崇铭大学。对于我这样一名新手“警察助理”来说，这一天实在太具挑战，各种信息扑面而来，复杂而烦琐，以至于我根本无法将它们梳理清楚、拼合起来。好在所有的信息，基本上都围绕着程鸣和冷月展开，就算是混乱，也还不至于让我崩溃。不过一天下来，真的觉得心好累，以至于什么都不愿再想，更别提从这些芜杂的信息里提炼出有价值的线索了。

晚饭吃的是鱼米饭，老杜边吃边问我：“这一天感觉如何？”

我皱着眉头瘪着嘴，一脸苦相，冲他摇头。

他却笑了，边吃鱼边问我：“还记得月坛北小街的那只小猫吗？”

我愣了，吃鱼想起猫？

“有一次，你早上没胃口，不想吃油条，就把一整根油条给了那只小猫。还记得吗？”

“嗯”，我点头，夹起一块鱼，塞进了嘴里。

“那时候那只猫也就两个月大，一根油条跟它差不多一样长，可它就是把那根油条给吃完了。”

“嗯，我看见它吃了，一点一点啃。”

“对喽，一点一点啃，心急没用。”老杜冲我笑，眼睛眯成了一条缝。

“可那是一根油条，看得见，这千头万绪，云里雾里，什么也看不见啊。”我苦笑着答道。

“是吗？在你看来那是一根油条，可在小猫眼里，油条就是庞然大物。对它来说，从哪里下嘴去吃，一样有一千种选择的可能。”

我低了头，叹了口气，“好吧，看来做你的搭档并不是一件很容易的事情。”

“很容易的事情你会喜欢吗？很容易的事情会有成就感吗？好吧，别垂头丧气了，快吃，吃完回家，我教你画画儿。”老杜的眼神温和而安定。

“画画儿？”当下的我，哪里有画画儿的闲情逸致，不过哪有第一天就打退堂鼓的？

“你的新工作才刚开始，加油吧，姑娘！”

回家的路上，我一句话也没说，我什么也不想去想，多么渴盼夏末清凉的夜风，能吹走我满脑子纷乱的思绪。

回到蒋宅口，我的情绪好了很多，进门前，我坏笑着对老杜说：“我要跟你约法三章，绝不许碰我哦！”

没想到一句玩笑，却让老杜黑了脸，他立在门口，僵硬地说：“安子，你这样说，未免有些伤我自尊，我是什么人，难道你还不清楚吗？”

我笑了，绕到他身后，将他往屋里推，边推边说：“跟你开玩笑，你还当真了，不过我和原来可真的不太一样了哦，我是你儿子的老婆了，哈哈！”

当我把几张纸、两支笔放在桌上，坐到老杜身边时，他对我说：“要分析案情，就要先学会画画儿。”

啊？还是研究案情啊，我的妈呀，我的头大了。

“对于潞水湾的这起案件，要先画现场。”说着，老杜把桌上的纸巾盒拉了过来，拿起笔，用纸巾盒做尺子，在纸上画了一个大大的方框。

“这是案发现场，这套房子有一个阳台，一个餐厅，一个客厅，两间卧室。这里是落地窗，这里是卫生间，这里是厨房，这里是入户门。”说着，他在方框内外画了几条线，写了几个字，整套房子的基本结构就显现了出来。

“然后，我们来画每个人的座位。”说着，老杜像画简笔画一样，在方框内勾勒出几张桌子，几把椅子，还在每张桌子旁写上了人名，然后又把每个座位上发现的物品做了简单的标注。

最后，还勾画出书柜、餐桌、门口的小桌和尸体所在的位置。

说实话，老杜的画和字都够瘪的，远没有吃鱼米饭的时候他说教我画画儿那会儿我所想象的闲情逸致。不过非常细，我们上午在案发现场搜集到的所有信息，都在这张画上。

“画这个有用吗？”我看着老杜的“作品”，疑惑地问。

“当然有用，以后你慢慢就会明白了。今天我们只是调查了程鸣，顺便了解了冷月的一些情况，随着调查的进展，以后还要画人物关系图。”

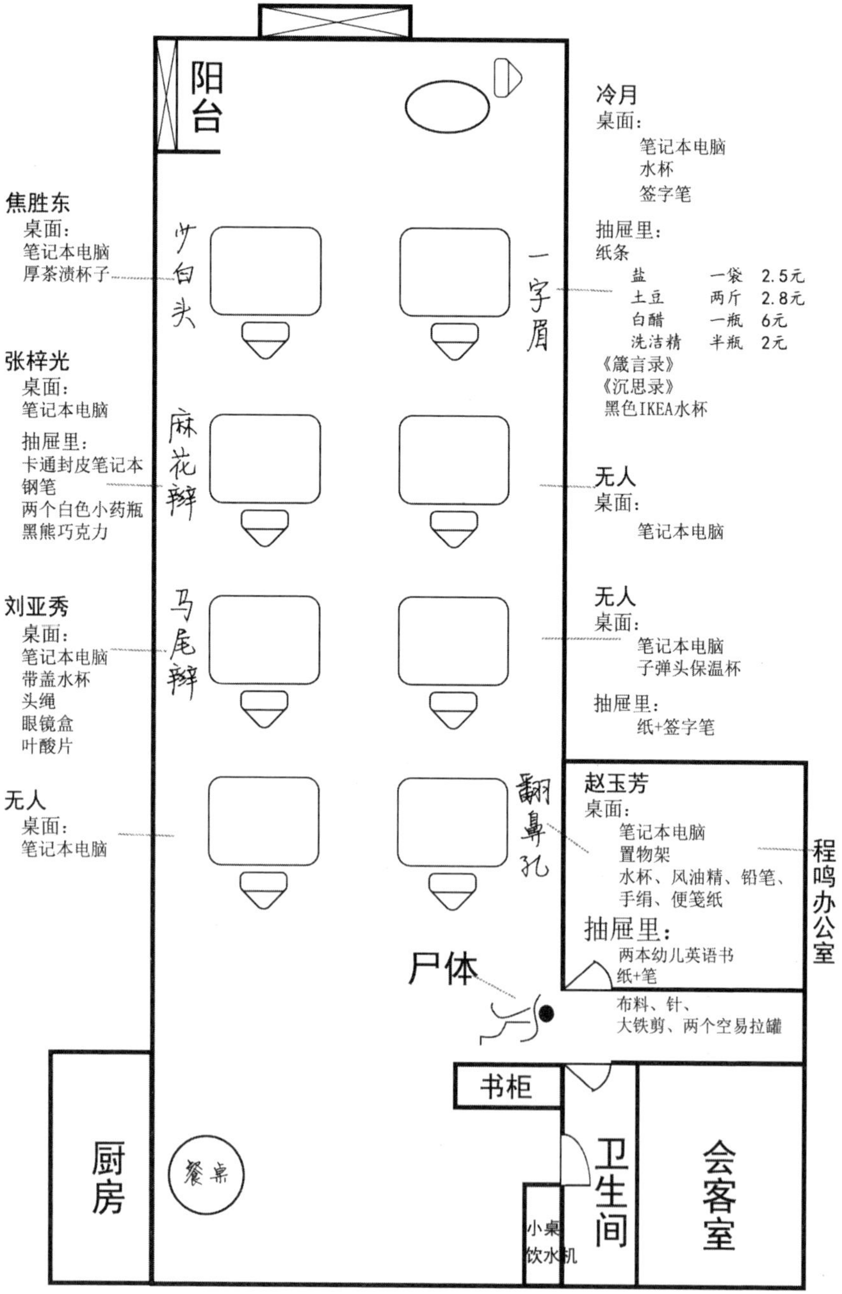
阳台
冷月
桌面：
笔记本电脑
水杯
签字笔
抽屉里：
纸条
盐 一袋 2.5元
土豆 两斤 2.8元
白醋 一瓶 6元
洗洁精 半瓶 2元
《箴言录》
《沉思录》
黑色IKEA水杯
一字眉
焦胜东
桌面：
笔记本电脑
厚茶渍杯子
少白头
张梓光
桌面：
笔记本电脑
抽屉里：
卡通封皮笔记本
钢笔
两个白色小药瓶
黑熊巧克力
麻花辫
无人
桌面：
笔记本电脑
刘亚秀
桌面：
笔记本电脑
带盖水杯
头绳
眼镜盒
叶酸片
马尾辫
无人
桌面：
笔记本电脑
子弹头保温杯
抽屉里：
纸+签字笔
无人
桌面：
笔记本电脑
翻鼻孔
赵玉芳
桌面：
笔记本电脑
置物架
水杯、风油精、铅笔、
手绢、便笺纸
抽屉里：
两本幼儿英语书
纸+笔
程鸣办公室
尸体
布料、针、
大铁剪、两个空易拉罐
书柜
厨房
餐桌
小桌
饮水机
卫生间
会客室

而我，却对老杜的话和画儿都不以为然，啤酒肚徐峰和他的手下不可能没有拍案发现场的全景照片，与其画这样一副拙劣的简笔画，不如直接拍一张全景照片更直观。

然而老杜却非常严肃地用手指着他的简笔画，跟我聊起了案情。

“你看，大屋里一共有八张桌子，有三张是空的，如果绑架程鸣的儿子的犯罪嫌疑人曾经在这间屋子里工作过，那么十之八九曾经坐过这三张桌子的某一张。”

“老大，我们现在调查的是在屋子里工作的四女一男五个人，而不是曾经在这里工作的人。”我奚落老杜，这四女一男尚且没调查明白，还说什么曾经在这间屋子里工作过的人，这不是舍近求远、南辕北辙吗？

“不，安子，你想，这五个人中，如果有犯罪嫌疑人，就算是蒙了脸，换了衣服，程鸣会一点也觉察不到吗？”

也是，我若有所思地点点头，“你的意思是？”

“既然能够绑架程鸣的儿子，必然是对程鸣极其熟悉的人。据崇铭大学的老校长和代主任说，在学校里，程鸣并没有特别要好的同事，也没有非常敌对的同事，也就是说，基本排除了崇铭大学的老师作案的可能性。至于学生，就算是程鸣对学生非常严厉，甚至真的和女学生滚床单，也不至于闹到要绑架他的儿子、索要赎金甚至撕票的地步。而且既然程鸣能够为了杜娟离婚，并最终娶杜娟为妻，即便据杜鹃的同学说，他在和杜娟的婚礼上很敷衍，也算是有所担当。照此看来，他对曾经和他滚床单的女生，也不会太苛刻，要不也不能在系主任的位置上稳稳当当地坐好几年。”

“你的意思是，我们下午的调查全都白费了？犯罪嫌疑人不可能是他的同事或者学生？”听老杜分析得头头是道，我却感到十分沮丧。

“安子，我们所做的任何调查，都不是无用功，只有通过排查，才能一项一项排除，最后锁定犯罪嫌疑人。就像小猫吃油条，得一点点啃。”老杜苦口婆心，一脸慈祥，“既然程鸣的同事和学生都不太可能成为犯罪嫌疑人，那么我们接下来的调查，就应该围绕程鸣的工作室展开。工作室里有五个员工，那么之前呢？有没有员工和程鸣发生过冲突，甚至不断升级，激化到要报复程鸣的地步？”

“好吧，我承认，我太低估了这份工作的难度，我以为侦破案件就像一场两个小时的悬疑电影，线索总会一点点显现出来。”

“没错啊，线索的确一点点显现出来了。”

“是吗？线索在哪里，犯罪嫌疑人在哪里？”我急切地问。

“安子，所有的线索都可能指向犯罪嫌疑人，所有的线索又都可能背离犯罪嫌疑人。我们现在画的案发现场，是一张可以看到的图画，而在这张图画背后，是我们看不到的案发现场。只有通过调查，将一个个线索连接起来，最终连接成一副完整的图画，才能真正锁定犯罪嫌疑人。而当下的每一条线索，都是其中一条重要的连线，你现在看不到它的重要性，等所有的线条都到位了，你就能看到案件的全局，就能找到那条指向犯罪嫌疑人的最明确的线索了。”老杜看着我，目光炯炯。

“好吧，我现在的确什么也看不到，只看到神一样存在的冷月，离婚又结婚、独来独往、天马行空的优秀讲师程鸣。不过还好，这些神奇的人物，并没有完全打消我对这起案件的好奇心，相反，正是因为了解了这些神一般的存在，我才有兴趣继续和你搭档，至少可以多见识见识人间百态。”我无精打采地说。

“是啊，这个世界上有各种各样的人。三年前，我重新回到工作中，就是因为这些稀奇古怪的人和事，让我对生活又一次产生了兴趣，对人生又一次有了激情。”老杜的眼睛里闪烁着少有的光芒。

“激情？”我迷惑地看着他。

“是的，我曾经设想过，等海生和你出来，我们一起去开个侦探事务所，一起叱咤风云，好好过下半辈子。”说着，老杜笑了，仰面朝天，轻轻地叹了口气：“我们仨，都还没好好活过呢！”

是啊，我们仨，都还没好好活过呢！

第十节

闷葫芦

次日，我和老杜，照旧迎着朝阳，拎着豆浆和油条，踏上了征途。对我来说，这场未知的征途，充满了新鲜的挑战，经过一夜的睡眠后，我信心十足。

老杜对我说，啤酒肚徐峰打来电话，说磨了一天，程鸣的父亲和前妻终于同意解剖尸体，不过程鸣的老父亲还是忍不住在警察局痛哭了一场，说儿子命苦，辛辛苦苦学了那么多年，好日子还没过几年，就横遭不幸；说自己的孙子命苦，才 5 岁，就命丧黄泉。老杜对我说这些话的时候，叹了口气。

我沉默了很久，问老杜："老杜，你相信因果报应吗？"

"信。"

"那程鸣是不是做了什么孽？要不怎么会……"

"人啊，有福的时候要积德，别把福气给耗尽了，否则……"

扑面而来的晨光，照在老杜的脸上，淡黄色的光笼罩着他，我突然觉得，我是有福之人，遇到了海生，遇到了老杜，我要好好珍惜。

今天，老杜和我，就按照昨天老杜画的案发现场图，开始着手调查程鸣工作室里除了一字眉冷月之外的四女一男。

老杜首先从手机拍摄的照片里，翻出这四女一男的简介中，那个和冷月同排、坐在靠近阳台左侧第一张桌子后的少白头的简介。

少白头名叫焦胜东，北京市通州区西集镇人，32岁，美术专科毕业，擅长手绘。他的简介非常简单，和他的外表一样清寡，唯一的亮点就是附在表格后面的一张手绘稿，笔触圆润细腻，人物可爱传神。他的简历里有手机和家庭住址，老杜打过去，对方接听了电话。

老杜很客气地说："请问是焦胜东吗？"

电话那头传来低沉的应答声："嗯。"

"我是前天调查程鸣案件的警察，想找你了解下有关情况，你看你今天是否方便？"

"嗯。"还是一声低沉的应答。

"那我们去找你是否方便？"

"嗯。"

我感觉遇到了一个闷葫芦。

"那我们去哪儿找你？"老杜锲而不舍地追问。

"我住西集。"

这场谈话，如果让我来主导，肯定就放弃了，完全没有交流的欲望，比和电动娃娃说话都费劲。

老杜却安之若素："能加个微信，发个定位吗？"

"嗯。"

"你的微信号多少？"

"这个手机号。"

"好，我们两个半小时后到，到你家附近我给你打电话，找个合适的地方聊一聊。”

“嗯。”

今天的征途，真是出师不利，还没见到调查对象，我就有一种麻雀撞在玻璃窗上的感觉。不过老杜倒没有沮丧，对长达两个半小时的路途，也视若平常。我只好鼓足勇气，跟在他身后，走进了地铁站。

在地铁里，我问老杜：“他不会放我们鸽子吧？”

老杜冲我微笑：“他要想放我们鸽子，就不会选在他家附近见面了。”

我点点头，看来姜还是老的辣。

两个半小时之后，我和老杜坐在人声嘈杂的肯德基餐厅里，在我们的对面，就是头顶花白的驼背男焦胜东。

焦胜东长脸，小眼，薄嘴片，尖下巴，目光涣散，一脸漠然，穿一件墨绿的 T 恤，坐在凳子上，松松地抱着双臂，一副没精打采的样子。

“我到工作室不到一年，对程老师没什么了解。”他晃着脑袋，先开了口。

“能说说你是怎么来到程鸣工作室的吗？”老杜问道。来的路上，我就跟老杜说好了，今天他负责问，对于这样一个调查对象，估计我问不了三两句，就会出现死局，这位焦胜东先生，必定是个能把话题聊死的谈话对象。

“应聘。”

“你怎么知道的程鸣工作室？”

“赶集网。”

“和你同期应聘的还有谁？”

“不知道。”

“程鸣最初给你开的工资有多少？”

“没多少。”

“没多少是多少？”

“不固定。”

“平均一个月有多少？”

“说不好。”

“有两三千？”

“差不多。”

“每月按时发工资吗？”

“不。”

“为什么不按时发？”

“项目没做完。”

老杜，面对惜字如金的闷葫芦焦胜东先生，我倒要看看你的耐心。

“你来的时候，工作室里除了程鸣，有几个员工？”

“四个。”

“都是谁？”

“你见过。”

“没有其他员工中间来了，又走了，或者现在还在，最近请假没来工作室吗？”

“没有。”

“真的没有？”

“嗯。”

“那和小刘并排的桌子是谁的？”

“没人。”

“哦，我看那张桌子上有个子弹头的保温杯，以为之前有个男士坐在那儿。”老杜貌似不经意地说道。

“程老师放的吧，人太少，客户来了不好看，放个杯子装饰下。”闷葫芦焦胜东破天荒地说了这么长一句话。

“工作室里除了程老师，只有你一个男生，真是万花丛中一点绿哈！”老杜开起了玩笑，也许他以为，闷葫芦开始说长句，就算是打开了话匣子吧！

“嗯。”焦胜东百无聊赖，四处张望。叫餐员叫了我们的餐号，我起身到吧台边端来薯条、鸡块和饮品。

“你之前认识工作室里的人吗？”

“不认识。”

“你在工作室工作了十一个月，见到或者听到过程鸣和人吵架吗？”

“没有。”

“你在工作室里和人发生过矛盾吗？”

“没有。”

我喝了一大口加冰的可乐，妄图浇灭心头的焦灼，这样问下去，今天上午必定一无所获。

老杜也端起可乐，喝了一口，又幽幽地问：“问一句题外话啊——我比你大不少，叫你小焦吧——小焦，你成家了吗？”

焦胜东捏起一根薯条，沾了番茄酱，边往嘴里塞边摇头。

“你有喜欢的女孩吗？”

对方还是摇头。

“要抓紧哦，碰见合适的一定要表达，否则错过就可惜了。”老杜的声音温和起来，莫非，老杜要打温情牌？

对方边吃边点头。

“好,现在说说你对工作室这几个人的看法吧？先说说程鸣。”

“没啥看法。”

晕，真是一句话堵死，难怪他没有女朋友，这样的少白头、闷葫芦，哪个女孩子会喜欢？

“程鸣对你们苛刻吗？”

“还好。”

“无故扣过你们的工资吗？”

“还好。”

“他要是外出，他办公室的电话谁来接？”

“冷月。”

哦，终于开了一个小天窗。

“程鸣非常信任冷月吗？”

“不清楚。”

得，又把天窗给关上了。

“你对冷月有什么看法？”

“没啥看法。”

“那你对其他同事有什么看法，比如坐在你后面的小张，小张后面的小刘，还有最后一排的大姐？”

“没有。”

“你知道小张到底得了什么病吗？”

好，又要开天窗了。

“不知道。”

“你们经常看见她吃药吗？”

“不经常。”

“她经常会躲进卫生间哭吗？”

“不经常。”

“工作室常常聚餐吗？”

“不经常。”

哦，上帝！要不是有老杜坐镇，我真想扭头就跑，我真坐不下去了，真是一个聊天都能把人聊死的闷葫芦。

第十一节

一句话的曙光和武断的推测

这个上午，对于我和老杜来说，就像钻进了一个密闭的木头箱子，看不到一丝光亮。当然，老杜拿着锤子和斧子，一次次试图在这个箱子上开个天窗，然而，坐在我们对面的闷葫芦，就像喜剧片里无厘头的武功高手，不经意间扔过来一句话，就将老杜刚刚撬开的缝隙给堵上了。我们被困在箱子里，伸手不见五指，连呼吸都感到困难。

目送焦胜东离去的时候，我不停地嘟囔：“就这样了吗？就这样了吗？没有反转？”

是的，没有反转。

随后，我和老杜去了筋头巴脑一锅香。这个上午，我被困在箱子里，连空气都是稀薄的，脑子已经不再转动，混沌且迟钝，对于这完全无可攻克的困境，我需要补充点彪悍的能量，才可以跟着老杜一起，继续在伸手不见五指的黑箱子里彳亍前行。

然而，老杜竟然坐在一锅筋头巴脑的后面，眯着眼睛，嘴角上翘，笑笑地看着我，就像一只敏锐的老猫，在笑一只掉进泥潭的小猫。

“你笑什么？”我撅了嘴，从鼻孔里喷出气来，不满地看着老杜。

“笑你。”老杜声音柔和，可一句话，却让我委屈得想哭。

“笑我什么？我又没有办过案，再说这个闷葫芦，一问三不知，堵死人了！”我愤愤地说。

“他说了啊，你忘了。”老杜两只手托着下巴，看着我，好像在看一出有趣的演出。

“他每句话差不多都不超过三个字，不是不知道就是不清楚，毛用都没有！”我气得想骂人。

“他说了一句完整的话，你忘了吗？”老杜继续启发我。

“没忘，就一句，说和马尾辫小刘并排的那张桌子上的保温杯是程老师放的，说人太少，客户来了不好看，放个杯子装饰下。”

“对喽！”老杜点了点头，两只手放下，拿起筷子，准备开始大快朵颐。

“这句有什么用？是程老师放的如何？不是程老师放的又如何？”我拿起筷子，压在老杜即将从锅里捞出大块儿筋头巴脑的筷子上，疑惑地问。

“是啊，是程老师放的如何？不是程老师放的又如何？”老杜重复着我的话，眼睛直直地盯着我，目光犀利。

我有点明白了，挪开了压在老杜筷子上的筷子。

老杜的意思是？天窗，就在这句话上？难道，这，就是反转？

我搁下筷子，从口袋里掏出老杜画的简笔画，仔细端详。

潞水湾的办公室里有八张桌子，靠近窗户的南边第一排，左手是少白头焦胜东的桌子，右手是一字眉小冷的桌子；第二排，在少白头焦胜东身后，是麻花辫小张的桌子，而和麻花辫小张一排的另一张桌子，空着；第三排，在麻花辫小张身后，是马尾辫小刘的桌子，和马尾辫小刘一排的，就是放着子弹头保温杯的桌子；而第四排，也就是最靠北的那排桌子，左边，空着，右边，是翻鼻孔女孩的桌子。这么说，办公室里一共空了三张桌子，而老杜问焦胜东的，只是和马尾辫小刘并排的那张桌子是谁的，这是为什么？

我看着老杜一个人大快朵颐，突然想起他刚才的问话：“我看那张桌子上有个子弹头的保温杯，以为之前有个男士坐在那儿。”也就是这句话，让少白头焦胜东破天荒地说了一句完整的话。

焦胜东回答：“程老师放的吧，人太少，客户来了不好看，放个杯子装饰下。”

不对，这句话有玄机。

是程老师放的如何？不是程老师放的又如何？

如果是程老师放的，那为什么剩下的两张桌子上，没有放水杯？

如果不是程老师放的，那么这张桌子一定坐过人，而且如果老杜没有猜错的话，一定坐过一名男员工！

我突然醒悟，抬头看着老杜，眼神热切：“老杜，你的意思是，焦胜东隐瞒了一个人！”

老杜笑着冲我点点头，“究竟是不是隐瞒了一个人，现在还不能断定，但是他肯定隐瞒了什么。吃吧，安子，好好吃，我们的工作可是脑力活儿，要补充营养哦。”

对于焦胜东那句完整的话的推测，就像一道曙光，照亮了我的心房，让我终于觉得不再憋闷，能够喘过气来了。然而，究竟是什么人坐在和马尾辫小刘同排的那张桌子上，还用子弹头水杯呢？

“那我们下一步呢？要不要再找焦胜东聊一聊？找出那个被他隐瞒的人？”我急切地问。

“哈，”老杜又笑了，“安子，别太心急，心急吃不了热豆腐，反而会打草惊蛇。”

“那，那我们？”

“我们接着调查下一个人。”

“冷月？”

“不，跳过她，我们对于她的了解已经够多了，下一个，那个可爱的、吃药片的小张。”

就在我狠狠地咀嚼筋头巴脑的时候，老杜的电话响了起来。我真不明白，我亲爱的老杜，你为什么非要用嘹亮的军号声做手机铃声，以至于我每次听见，都以为自己还在监狱里，听见了起床号。

老杜边咀嚼边问电话那头：“有什么进展？”

“哦，体内有药物残留吗？”

“我送去的那些药物呢？”

我意识到，电话那头，一定是啤酒肚徐峰，在那一瞬间，我突然生出一个猜想，那就是：尸检结果证明，程鸣是被毒死的。

我急切地等待着老杜挂断电话，然后热切地盯着火锅对面的老杜，可老杜挂断电话后，却抓起筷子举向火锅，丝毫没有开口说话的迹象。

我憋得受不了，禁不住问："是徐峰？"

"嗯。"

"程鸣的死因是？"我不由自主地向前探头，却被火锅的热气扑了脸，不得不往后缩了缩。

"心梗。"

"没有药物中毒的迹象？"

"体内并无药物残留。"

"那你送去的那些药物呢？"

"都是正常的药物，除了麻花辫小张抽屉里的三环类抗抑郁药有可能对心血管产生不良反应之外，没有什么特殊的药。"老杜一脸漠然，边吃边说。

"那程鸣屋里的茶叶和药片呢？"我刨根问底。

"药片是正常的降压药、降糖药和阿司匹林，只是茶叶，有点奇怪……"老杜咀嚼着一大块牛筋，略略皱起眉头。

"有什么奇怪？"我探身向前，又被火锅的热气扑了脸，往后缩的时候我真恨不得马上起身，坐到老杜的旁边去。

"说不好，徐峰说没有毒药，只是中药……"老杜边说边嚼，说得含糊，实在让我着急。

"什么中药？"

"徐峰说有雄黄、丹砂，还有白矾……"

"这些东西有毒吗？"

"是药三分毒，不适合长期服用……"

"那就是慢性中毒。"我斩钉截铁地说，如果是自然死亡，就完全打破了我心中对于此案的猜想。

老杜瞟了我一眼，又夹了一块毛肚塞进嘴里，“安子，你这就不对了，并不是所有的案件都是凶杀、毒杀，事实上，这个世界上好人还是多的。”

“那为什么茶叶里要放中药？而且是不宜长期服用的中药？案情也已经很明显了，一字眉冷月粗晓医药，她又是程鸣的得意门生，有充足的机会在茶叶里下毒。”

“动机呢？”老杜放下筷子，认真地看着我。

“动机？”

“对，杀人动机。她为什么要毒死程鸣？或者说，她为什么要在这个时候毒死程鸣？”

“慢性中毒嘛。凑巧毒性积累到一定程度，加上程鸣的儿子被撕票，他心力交瘁，慢性中毒诱发心梗，导致猝死。”我笃定地说。我们已经调查到那么多有关程鸣和冷月的有用信息，总可以做出一个初步的判断了吧。

“安子，做侦探，可不能这么武断，我们的调查不过刚刚开始。我问你，冷月为什么要杀死程鸣？”老杜眯着眼睛看我，仿佛我已经掉进了一个圈套。

“呃，也许，也许程鸣强迫她滚床单？她想要报复，所以……”

“你觉得，冷月这样的仙儿能够被人强迫？”

“呃……”我眨了眨眼睛，咽了口吐沫，然后低下了头，举起筷子，开始吃。

好吧，就当我什么都没说，让我们继续调查吧。

第十二节

麻花辫张梓光

麻花辫小张，全名张梓光，动画专业毕业，家住大王庄，两年前应聘到程鸣工作室。在她的简历里，工作经历一栏，有半年通信公司前台的经历，还有半年图书工作室插画设计的经历。由此可见，她是在毕业一年后，来到程鸣工作室工作的。在张梓光的简历里，健康状况一栏写着“良好”二字，病史一栏写着“无”。

看完了张梓光的简介，我对老杜说：“我来给小张打电话？”

倒不是要抢功，也不是要显摆自己，想起张梓光，不知为什么，我总觉得心里软软的。她柔弱的样子，白皙的面孔，素净的长裙，还有她尖叫着冲进卫生间发出的歇斯底里的哭声，都让我觉得，她是那样脆弱，那样需要呵护。于是我觉得，换我来打电话给她，也许会让她少受到一些惊扰。

老杜点头。

电话接通后，小张的声音传来，“你好。”她的声音怯懦而温柔，让我都不好意思大声说话。

“张梓光吗？”我尽量让自己的声音温柔起来。

“是我，你是？”

好吧，硬着头皮上吧，“我们前天见过，在程鸣工作室里，我代表警方，想再问你一些有关程鸣老师的问题。”

“呃……”显然，张梓光有些惊讶，抑或有些畏惧。

“不用怕，小张，我们只是想问你几个问题，仅此而已。你今天下午方便吗？或者傍晚，都可以。”

“呃……”显然，电话那头的张梓光，还没有完全反应过来。

“如果方便，我们可以去找你。”

“呃……”电话那头，貌似还在思考。

老杜看了我一眼，做了个等待的手势，示意我不要着急。

大约过了半分钟，电话那头才传来怯懦的声音，“我下午在图书馆，要不，你们到图书馆来？”声音微颤，显然还是畏惧的。

“好，哪个图书馆？”

“大王庄图书馆。”

“哦，加个微信吧，你发个定位给我，谢谢。”我尽量客气，希望不要让这个年轻的姑娘太过紧张。

到达大王庄图书馆后，张梓光把我和老杜让进了图书馆小小的资料室里。坐定之后，张梓光给我和老杜端来两杯水，回头对图书馆里一位四五十岁的中年妇女交代了几句，便走进了资料室，并且回手关上了门。

此刻，张梓光倒不像我想象的那么畏惧，虽然她坐在我们对面还是有些紧张，但举手投足也算落落大方。也许是做过前台的缘故，待人接物还是非常得体的。只是她的眼神总有些躲闪，很少直视我和老杜。想起在潞水湾的办公室里，她紧张地绞着麻花辫，盯着桌子发呆的样子，当下的表现，也就不足为怪了。

我看了老杜一眼，他冲我点点头，示意我来开口。

我环顾四周，看着满屋的书籍和资料，禁不住问道：“小张，你在这里做图书管理员？”

张梓光微微露出羞怯的笑容：“也不是了，我妈是这里的图书管理员，我来帮忙。”

哦，想必刚才她走进资料室之前，与之说话的那位中年妇女，就是她的母亲了，怪不得我方才觉得二人的容貌有些近似。

“你喜欢看书？”我不敢单刀直入、开门见山，便曲线救国、绕路而行。

“嗯。”小张的面孔，比起少白头焦胜东，多了三分活力，五分朝气。

“你喜欢读什么书？”我在高墙内几年，为石门监狱建设图书角，也的的确确读了不少书。

“小说。”小张的语调是轻快的，却似乎也藏了几分戒备。

“哦？最喜欢哪本小说？”我饶有兴趣地问。

“《追风筝的人》”说这句话的时候，小张的眼睛一亮，显然，她真心喜爱这本书。

“可惜你之前工作的工作室里一本小说也没有，工作应该很枯燥吧。”我总归还是要绕到正路上去。

“还好了，大家都挺好的。”

大家都挺好的？有点所答非所问。

“程鸣老师对你们好吗？”

“还好。”

“他骂过你们吗？”

“还好了，做得不好的时候，他会责怪我们，不过他不骂人。”

“你来工作室两年了，中间也有人来了，又走了吧？”

“嗯，有的，小郑，小吴，我来的时候她们就在工作室工作了，后来她们先后走了。”

“女生吗？”

“嗯。”

“程鸣老师招的都是女生啊？男生招得真少。”我禁不住感叹。

“嗯，这两年，就招了小焦一个男生。”说着，小张抬眼看了我和老杜一眼，然后又低下了头。

“这两年有人跟程鸣老师吵过架吗？不管是员工，还是客户。”我上午学的，下午卖，上午老杜这么问了焦胜东，我也就照搬来问张梓光。

“嗯，好像没有吧，没印象。”张梓光思考了片刻，这样回答。

“哦，你们有不来坐班的设计吗？或者只是偶尔来几天，沟通设计方案？”我的思绪还在那张放着子弹头保温杯的桌子上，希望能在小张这里，验证这缕曙光。

“没有，程鸣老师很苛刻，他不许兼职。”

“对了，平时办公室的卫生谁来做？”我突然想起空着的桌子上落满了灰尘。

“呃……”张梓光突然卡住，半晌才回答：“大家轮流值日”。

有意思，值日不擦桌子，我忍不住在心里唠叨了一句，然后转脸看了看老杜，把下一步的提问权交还给他。

“小张，你在工作室工作两年了，比冷月、焦胜东和小刘来得都早，比较了解情况，这两年，工作室有没有出现过什么问题？你说的小吴，小郑，为什么都走了？”老杜提出了一个略显尖锐的问题。

“还好，程鸣老师经营有方，工作室一直还比较顺利。小吴、小郑，呃，她们找到了更好的工作，就走了。”张梓光怯懦地答道。

“可我们调查了程鸣老师任职的大学，学校里有同学说程鸣老师好色，还有说程鸣老师克扣设计费。”老杜直直地盯着张梓光，眼神犀利到连我都感到有些畏惧。

“呃……那，那不过是传闻吧。”张梓光含糊其词。

“你还有小吴和小郑的联系方式吗？”老杜接着问。

“哦……太久了，没有了。”张梓光有些愕然。

“对了，程鸣老师常常单独叫冷月去他屋里吧？”老杜又抛出一记重锤。

“呃……”张梓光愣了下，似乎有些乱了阵脚，“呃，他……冷月是他的学生嘛。”

“冷月是不是喜欢程鸣老师呢？”

“呃……这个，这个我不知道。”张梓光涨红了脸，连我都觉得老杜的这句问话不太合适。

“对了小张，你有什么病？那天大家都说你该吃药了，你每天吃什么药呢？”

我看见张梓光的脸色徒然一变，把头埋进了胸口里，不再说话。片刻之后，她开始抽泣，然后出乎意料地站起身，转身跑出了资料室。

我叹了口气，剜了老杜一眼，心想：真是男人，说话没轻没重，哪壶不开提哪壶啊！

几分钟后，我和老杜站在那位和张梓光容貌相似的中年妇女面前，她，的确是张梓光的母亲。

老杜略微和她聊了几句。从她嘴里得知，张梓光从小有社交恐惧症，为了控制紧张、焦虑或者恐惧发作，需要长期服用抗抑郁药物。老杜还询问这位母亲，她的女儿一般服用什么药物。不过这位母亲显然很少陪女儿去医院，连女儿服用的药物的名字都说不上来。

第十三节

真假线索

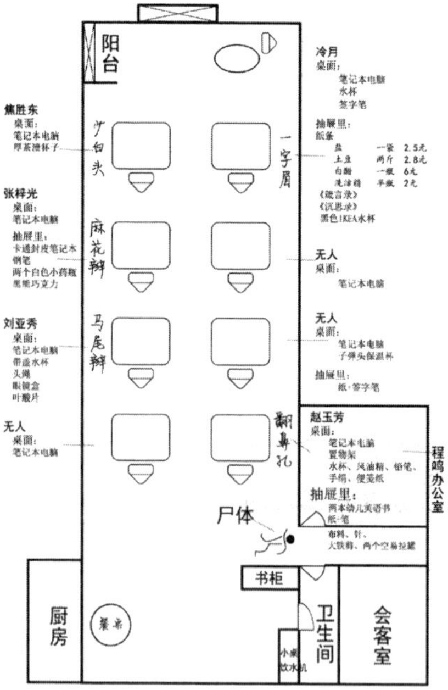

阳台
冷月
桌面：
笔记本电脑
水杯
签字笔
抽屉里：
纸条
盐 一袋 2.5元
土豆 两斤 2.8元
白醋 一瓶 6元
洗洁精 半瓶 2元
《箴言录》
《沉思录》
黑色IKEA水杯
焦胜东
桌面：
笔记本电脑
厚茶渍杯子
少白头
张梓光
桌面：
笔记本电脑
抽屉里：
卡通封皮笔记本
钢笔
两个白色小药瓶
巧克力
麻花辫
一字眉
无人
桌面：
笔记本电脑
刘亚秀
桌面：
笔记本电脑
带盖水杯
头绳
眼镜盒
叶酸片
马尾辫
无人
桌面：
笔记本电脑
子弹头保温杯
抽屉里：
纸·签字笔
无人
桌面：
笔记本电脑
翻鼻孔
赵玉芳
桌面：
笔记本电脑
置物架
水杯、风油精、铅笔、
手绢、便笺纸
抽屉里：
两本幼儿美语书
纸·笔
布料、针、
大铁剪、两个空易拉罐
程鸣办公室
尸体
书柜
厨房
餐桌
卫生间
会客室
小桌
饮水机

当晚，我和老杜在蒋宅口的屋子里，围绕着他那张简笔画一样的现场图，展开了一场认真而琐碎的讨论。

老杜说，我们必须整理思路，寻找正确的线索，于是，我们将所有的细节从头到尾捋了一遍。

“目前，有几点可疑。

“第一点：冷月抽屉里的《箴言录》《沉思录》，还有黑色的宜家水杯。”

老杜总结的这一点，我并不认同。

“从上大学就热衷二手物品交易的冷月，有相对男性化的书籍，和相对男性化的水杯，并不算稀罕事。”

“不”，老杜摇头，“冷月可以有男性化的书籍，也可以有男性化的水杯，但是这两样东西，不应该出现在她的办公桌的抽屉里，而应该出现在她的家里。放在办公桌抽屉里的东西，显然应该和办公室里的人有关。”

“第二点：放着子弹头保温杯的桌子，应该有人坐过，而且应该是个中年男士。”

对于这一点，我虽然觉得是曙光的来源所在，但对于其来源的确切性，还是一头雾水，“你凭什么这样判断？”

“你想，这个保温杯不可能是程鸣放的，如果是，程鸣应该在空着的三个桌子上都放上水杯。而保温杯没有被拿走，显然，这个人并没有主动或者被动辞职，而应该是暂时请假没来而已。”

“接下来是一个细节，一个非常非常微小的细节，微小到我差点忽略了，幸而你问了张梓光办公室的卫生谁来做，我才回忆起这个细节。”

说着，老杜故弄玄虚地用右手食指的指关节敲了敲我们面前的桌子：“那就是：桌子上的灰尘。八张桌子中，有三张桌子没人坐，这三张桌子上，都覆盖着灰尘。在冷月背后的那张桌子上，也就是与张梓光同排的那张桌子上，有薄薄的灰尘，这是我用白手套验证过的。而在这张桌子背后，放着子弹头保温杯的桌子上，覆盖着厚厚的灰尘，这也是我用白手套验证过的。而在第三张空桌子的桌面上，也就是与翻鼻孔女孩同排的桌子的桌面上，也有厚厚的灰尘，这也是我用白手套验证过的。也就是说，这三张桌子都有灰尘，但是唯独第一张空桌子，也就是冷月背后的桌子上，灰尘比较少。这，是为什么？”

天啊！老杜提出这个细节的时候，我简直觉得他就是挑剔细碎、婆婆妈妈的处女座，虽然事实上老杜的确是处女座。虽然我对于程鸣工作室的员工们打扫卫生时不擦桌子也感到奇怪，但以桌子上灰尘的厚度作为线索，未免有矫枉过正的嫌疑。

“这又有什么奇怪？冷月就坐在那张桌子前面，她常常向后倚靠，或者站起坐下，使得身后桌面上的灰尘常常被带起来，所以灰尘肯定要比其他两张桌子上的灰尘少。”

“是吗？”老杜看着我，满眼质疑。

“那马尾辫女孩就不起身了？就不倚靠身后的桌子了？”

“马尾辫女孩又没有冷月那么胖！”我理直气壮地回答。

“哦，不，安子，就算这是一个假线索，我们现在也不能放过它，要先把它抓到手里，也许未来会有价值。不过……”老杜犹疑了片刻。

“如果我们即将面对的罪犯，能够精细到连桌子上的灰尘都小心翼翼地安排和设计，那么这一定是一场精心策划的案件，我们遇到高手了。”

“再接下来，就是翻鼻孔女孩的抽屉里，有大铁剪和空易拉罐。”老杜指着简笔画上翻鼻孔女孩的桌子。

“哦，这又有什么奇怪的？”我禁不住问。

“设计师为什么需要这么大的铁剪子和空易拉罐？难道她需要做手工？那么，她做的手工，又是什么东西呢？”

这个问题，倒是有点意思。

“不过，翻鼻孔女孩的抽屉里也有布料之类的东西，她是孩子的母亲，给孩子做点手工制品也很正常。”我回答。

老杜冲我点点头，随即又摇摇头：“没错，是正常，但是如果我们把所有的线索连起来，就不正常了。别忘了，程鸣的儿子被绑架的那晚，烟幕弹是从美华公寓的楼上扔下来的，而冷月就住在美华公寓。而且当晚她就出现在绑架现场。”

“可这和翻鼻孔抽屉里的剪子和空易拉罐又有什么关系？”我不解地问。

“你可以上网查查用空易拉罐制作烟幕弹的方法，很简单。”老杜笑着对我说。

“不可能！”我惊叫起来。

“是的，就算不可能，我们也要想到这一点。现在，程鸣工作室里的每一个人都有嫌疑。”我无论如何也想不到，老杜竟然说出这样的话来，难道每个人都有嫌疑？

“不可能！不可能！翻鼻孔女孩是孩子的妈妈，她不会为了钱拿另一个孩子的生命开玩笑！”我大叫起来。

“也许，她不知道烟幕弹的用途？也许，不是她呢？”老杜看着我，眼神犀利。

“哦！上帝！”我抱了头，眼前的简笔画现场图变成了一团乱麻，一点点搅乱了我的大脑，让我感到无力，感到疼痛。

“不管怎样，它都是一个线索，现在，我们不能放弃任何一个线索。别忘了，我们只有通过调查，将一个个线索连接起来，最终连接成一副完整的图画，才能真正锁定犯罪嫌疑人。而当下的每一条线索，都是其中一条重要的连线，你现在看不到它的重要性，等所有的线条都到位了，你就能看到案件的全局，也就能找到那条指向犯罪嫌疑人的最明确的线索了。”

老杜走后，那一晚，我抱着头，在沙发上坐了很久，我甚至有些后悔成为老杜的搭档。我突然觉得内心好软弱，我突然很期盼程鸣，完全是自然死亡，而程鸣的儿子被撕票，与办公室里的四女一男完全无关。

是的，我不想看到血淋淋的人生，我希望，人之初，性本善……

当然，我的内心在逃避，逃避未来的艰难，与人心对决的艰难……

第十四节

原来，都是有故事的人

次日清晨，当老杜迎着晨光向我走来的时候，我觉得他的眼睛熠熠闪光。和老杜认识这么多年了，多少也能感觉到他的情绪变化，显然今天，他一定有新的消息带给我。

一起吃豆浆油条的时候，老杜说，昨晚徐峰打电话，说在档案库里发现了一些线索。

“关于谁的线索？”我边吃油条边问。

“张梓光。”

“哦？”我扭过头，诧异地看着老杜，怎么会是她？难道，她有前科？不可能啊，那么柔弱年轻的姑娘。

“徐峰说，张梓光的父亲曾经涉案。”

“哦？”是啊，在和张梓光以及她的母亲交谈的过程中，从未听这母女俩提到过张梓光的父亲。不过，这是查案件，又不是查户口，倒也没必要问及家庭状况吧。我在心里咕哝。

“张梓光六岁时，和父母在河北生活过一段时间。当时张梓光的父亲和两个朋友合伙，在河北开了一家医疗保健用品店，专门卖保健床垫、按摩椅之类的医疗保健器械。后来，合伙人之一，一个年轻小伙儿突然失踪了。这个小伙儿的家人报了案，于是，张梓光的父亲和另外一个合伙人被认定为犯罪嫌疑人，被警方拘捕。不过，最后由于证据不足，张梓光的父亲和另外一个合伙人被无罪释放。”

“哦。”我若有所思地点点头。

“亮点不在于张梓光的父亲究竟是否涉案，而在于6岁的张梓光的证词。”老杜眯着眼睛看着我。

“什么证词？”老杜的话引起了我极大的兴趣。

“警方在调查过程中询问了6岁的张梓光，没想到小姑娘张梓光竟然告诉警察，说那个年轻叔叔要欺负她，爸爸和年长的叔叔为了救他，与年轻的叔叔搏斗。搏斗中，年轻的叔叔被推倒，磕到尖锐的石头上，死了。”

“啊？”老杜的这段话，让我大跌眼镜。

“当年，张梓光的证词引起警方的极大关注，然而张梓光的父亲和另一位年长的合伙人却矢口否认曾经和失踪的年轻小伙儿发生过冲突。张梓光的父母还一口咬定，说张梓光从小就有精神问题。后来，警察始终没有找到年轻小伙儿的尸体，再次询问小姑娘张梓光，没想到她竟然说：爸爸、妈妈和年长的叔叔把年轻叔叔煮了，还说他们吃了好多天才吃完，骨头喂了他们养的大黄狗。”

听到这里，我倒吸一口凉气，没想到，6岁的小女孩能说出这样的话，不管是真是假，都够吓人了。

“当年小姑娘张梓光的话，把民警们吓了一大跳，警方还专门请来精神科的医生。最终经医生认定，小姑娘有轻微的精神臆想症，或者称为迫害妄想症。”

“这么说，张梓光从小就有精神疾病？”我看着老杜，寻求答案。

“嗯，应该是吧。徐峰打电话给当年经手这个案子的民警，那名民警说，这个案子最后还是不了了之，因为无法确定失踪的年轻小伙儿是否死亡。6 岁的张梓光又被认定有精神疾病，所以她的话也不能作为证词。最终，无论是张梓光的父亲还是那位年长的合伙人，都没有被判刑。”

听完老杜这番话，张梓光那张瘦弱而白皙的面孔浮现在眼前。看来，都是有故事的人，每张面孔的背后，都藏着不为人知的秘密。

那么，也许，有了这样的经历，张梓光有可能成为这起案件的犯罪嫌疑人？

不，不可能。我怎么都无法相信，那么柔弱那么文静的姑娘会绑架孩子，会伤害别人。

老杜看我发呆，伸出大手，拍了拍我的肩膀：“人世间，什么事情都可能发生，什么事情也都正常。我们看到的也许都是表象。别急，安子，慢慢来，不管是面具还是谜团，都能慢慢揭开，慢慢抖开。”

唉，看来，破案这事儿还真是小猫吃油条，得慢慢啃。

“那你的意思是，我们今天再去找张梓光？”我咽下最后一口油条，问老杜。

“不，没有人会直接告诉你一件事情的真相，如果会，我们还用调查吗？”老杜站起身来，拿起他的和我的装豆浆的空杯子，走向垃圾桶。

“那我们今天继续调查下一个目标？”

“对。”

我看着老杜的后背，内心酸楚，也许，在我这不满三十年的人生岁月里，正因为有了他的存在，有了雷海生的存在，才不至于太过凄惨。如果张梓光当年的话是真的，那么她的人生，一定比我要悲凉得多吧。

今天我们的调查对象是马尾辫女孩小刘。我始终不明白，老杜为什么要绕过冷月。在我看来，冷月才是最值得探究的。然而老杜却坚持，一定要把所有的人都调查完了，再去和冷月正面接触。

老杜说："如果这是一条大鱼，那么你要先驱散它身边的小鱼，才有可能近距离地接触到它。"

"可如果它们真的是一群鱼，那么你惊动了所有的小鱼，大鱼的警惕性不就越来越高了吗？也就是你所说的打草惊蛇。"

"可我们已经看到了这条大鱼，这条大鱼想必也看到了我们，如果我们直接去触碰它，它一定重重设防。但是如果我们骚扰很多小鱼，那么为了防御，它一定会想出这样那样的方法，而它使用的方法越多，漏洞就会越多。"老杜转过身，幽幽地对我说。

"可如果这条大鱼逃掉了呢？"

"逃？为了证明自己清白，它是绝不会逃掉的。聪明人会洗白自己，而不会逃跑。"

小刘全名刘亚秀，已婚。在她的档案里，除了毕业于知名的京东师范大学之外，乏善可陈，既没有工作经历，也没有设计成果。不过她是设计专业的硕士研究生，也许正是因为这个原因，程鸣才在一年前将她招入麾下。

关于刘亚秀，我印象最深的，就是她抽屉里的叶酸片。我知道，这个东西是打算怀孕的女性，或者怀孕不久的女性的必备品。那么也就意味着，刘亚秀正在备孕，或者已经怀孕。那么对于这样一位女性，多多少少要留心一些。倒不是留心她的犯罪嫌疑，而是留心不要惊吓到她，如果她怀孕了，千万别惊吓到她，更别激怒她。

考虑到这个因素，我问老杜："刘亚秀不会怀孕了吧？警方能查到她在医院的检查结果吗？"

老杜冲我苦笑："北京这么多医院，你让我们去哪家医院查？程鸣又没有给这几个人上社保，连个定点医院都没有，没法查啊！"

也是，好吧，我笑着对老杜说："没事，有我。"

第十五节

纠结的叶酸片

见到刘亚秀，是在京东师范大学里，她选了学校里的一家咖啡厅见面。

进门前我就跟老杜商量好了，先由我来沟通。

刘亚秀和那天我在程鸣办公室里见到她时差不多，戴着红框眼镜、扎着马尾辫，虽然今天穿的是一件格子裙，却还是一副良家妇女的模样，只是表情比那天要自然一些，没有那么惶恐。

做了简单的自我介绍后，我环顾四周，开始“绕路”，好吧，我的策略一贯如此。

“你还在学校上课吗？”我问。

“哦，不，是我老公，他还在学校读博。”

“那你住在附近？”

“我们住在教工宿舍。”刘亚秀微笑道。

“你爱人是京师大的教师？”我随口问。

“嗯，之前是，现在在读博。”

“读的什么专业？”

“设计。”

“别紧张，我们也是例行公事，随便聊。”

“嗯。”刘亚秀难免有些拘谨。

“你结婚几年了？”

“三年吧。本科毕业那年结的婚。”

“是同学？”

“不是，他是我的辅导员。”

“早要孩子，迟迟早早都要生，早生早轻松。”我压低了声音，往前凑了凑，对刘亚秀说。

“都这么说，我也在吃叶酸了。”刘亚秀微微有点脸红，压低了声音，向我靠近了一点。

“你吃多久了？”

“半个来月吧，也不知道有没有用。”

“大家都吃，总会有点用吧。等怀上了，还得买防辐射服，多防护没坏处。”

“嗯，婆婆早就给买好了。”

老杜突然咳嗽了一声，我转过头，笑着对老杜说：“不好意思啊，聊的都是女人的话题，您来您来。”

老杜白了我一眼，接过话题。

我的任务完成了，显然，刘亚秀还没有怀孕，那么我们就不用太多担心，该问什么，老杜，你就问吧。

“小刘，在程鸣老师去世的前两天，办公室里有什么异常现象吗？”老杜的提问，和上两次显然角度不同。

“没发现什么异常。”刘亚秀思索着，摇了摇头。

“那前一天，也就是程鸣老师的儿子被绑架的那天，你们还在工作吗？”

“是啊，都在工作。”

“程鸣老师呢？他前一天，一整天都呆在办公室吗？”

“应该是吧。我也不是特别清楚，总之人心惶惶的。”刘亚秀说完，咬了下嘴唇，低下了头。

“人心惶惶？”老杜问。

“嗯，毕竟是绑架，再说那孩子我们都见过，常常到工作室来玩儿。”

“那天你们几个都在？”

“嗯，都在。”

“程鸣老师一定很着急吧？”

“他像热锅上的蚂蚁，一直在办公室里来回转悠，打电话。”

“晚上他自己去的化工厂？”

“应该是吧，我们也不敢跟他去，绑匪就让他一个人去。”回答的时候，还是低着头。

“绑匪就让他一个人去？你听见电话里这么说的？”老杜问道。

“没听见，可连警察都不让通知，肯定只能他一个人去了。”

“程鸣老师平时喝茶吗？”老杜突然问了这么一句。

“偶尔喝，他更爱喝咖啡——黑咖啡，G7。”

这倒没错，老杜从程鸣办公室的窗台上，的确采集了一袋袋装咖啡，我还记得包装盒上有“G7”字样。

“平时中午你们都怎么吃饭？做饭吃吗？”老杜又冒出一句。

“嗯，我们轮流值日，做饭、打扫卫生。”

我突然想到一个问题，既然是轮流值日，怎么可能从来没人擦桌子？难道每晚都不关窗户，所以那三张空桌子上落满了灰尘？也许他们一致认为，没人坐的桌子没必要擦？或者，老杜关于灰尘的婆婆妈妈的想法，是有道理的？

想到程鸣工作室里的那八张桌子，我不禁想到了刘亚秀的桌子，进而想到老杜的那张简笔画现场图。

刘亚秀的桌子上有什么来着？

趁着上厕所的功夫，我把随身携带的那张简笔画拿了出来，端详了半天。

马尾辫的桌子上，有水杯、药瓶，就是从这个贴着药名“叶酸片”的药瓶，我们推断刘亚秀正在备孕，或者刚刚怀孕。

怎么觉得有哪点不对劲儿呢？貌似……

刚才刘亚秀说，叶酸吃了才半个来月，我记得当时老杜拿起刘亚秀桌上的药瓶，晃了晃，声音寡寡的，应该没几片了。难道这叶酸片，一瓶只够吃半个多月？

回到桌前，我耐心地等待时机，在老杜询问的间隙，我又一次提出了有关叶酸片的问题。

“小刘，叶酸片怎么吃啊？一天吃几片？得吃多久啊？”我略微侧了身子，半个后背对着老杜，低声问刘亚秀。

“一天一片，吃到怀孕两三个月，就不用吃了。”

“贵吗？一盒多少钱？多少片？”

“哦，不算贵吧，一盒也就几十块钱，一盒 100 片，能吃三个月。”

“哦，那还真不算贵。那防辐射服贵吧？”我接着问。

“嗯，一件几百，不过一件就够了，可以一直穿着，穿到生完孩子。”

“估计真正花钱的，就是生完孩子的奶粉钱了……”

“生养个孩子不容易啊！”刘亚秀感叹道。

“是啊，想起来，程鸣老师也真可怜。”

“是啊。”刘亚秀低下了头。

“他儿子长什么样？”

“虎头虎脑，挺可爱的。”刘亚秀还是没抬头。

“可惜了啊！”我忍不住叹了口气。

“是，是……”刘亚秀的头更低了，而声音也微弱地几乎听不见了。

转瞬，刘亚秀站起身来，低声说：“我去趟洗手间。”然后，她走向位于我和老杜背后咖啡厅西北角的洗手间。

“有什么问题吗？”老杜低声问。

“说不上来，但总觉得有什么不对。”我皱了眉头。

“叶酸片？”老杜压低了声音。

“你怎么猜到的？”

“你逮着叶酸片问了那么多，显然有问题。”

“她说不过吃了半个多月的叶酸，可那天我们去程鸣工作室，她桌上的药瓶里只剩了几片，她不可能买半瓶叶酸片吧？”我疑惑地看老杜。

“这个细节抓得好。”老杜微笑着冲我点头。

就在此时，一阵音乐声响起，我环顾四周，几秒钟后，看见桌子上倒扣的手机的边缘露出闪烁的光芒。刘亚秀将手机放在桌子上，这音乐声是刘亚秀的手机铃声。

我向后张望，刘亚秀还没出来。我迅速略微前倾，伸手翻过手机，手机屏幕上赫然显示着来电人的姓名：冷月！

第十六节

他，死了吗？

刘亚秀回来，手机依然倒扣在桌上，屏幕也不再闪亮。

她显然在洗手间照了镜子，两侧的鬓角上，还有未干的水迹，或许是洗过手后顺势捋了捋头发。她的情绪也比刚才振作了一些，眼神也略微放松了一些。

“两位警官，我也没有太多可说的，程鸣老师人还算好，与我也没有什么恩怨。关于他儿子被绑架，以及他的猝死，我除了感到遗憾和痛心，实在也帮不上什么。”这番话，倒是有些例行公事的味道，如此套话，想必是刚才在洗手间里想好的吧？

“程鸣老师和谁有恩怨？”老杜紧追不舍。

“呃，没有啊，没有。”小刘有点尴尬，似乎之前那句“与我也没有什么恩怨”背后隐藏的含义，就是程鸣老师与他人有些恩怨。

“他和谁吵过架？他一定和人吵过架，你一定听到过。谁？冷月？还是焦胜东？”老杜进一步追问。

“没有，真的没有。”小刘的脸色略有些泛红，身子有些后缩。

我微笑着摇摇头，接过老杜的话：“小刘，同事之间发生争执也很正常，程鸣工作室里，加上程老师，加上你，六个人，不可能从来都没有发生过争吵。”

“呃……”刘亚秀一时语塞。

“小冷看起来有点个性，她是程老师的学生，在程老师门下也好几年了，一定不怕他，也一定和他吵过架吧？”老杜幽幽地问。

“哦……”刘亚秀不置可否。

“没关系，吵过就吵过，没吵过就没吵过，如实说就好。”气氛有些紧张，我略微和了一把稀泥。

“哦，小冷和程老师还真没在办公室里吵过架，不过……”刘亚秀迟疑地说。

我和老杜对视了片刻，随即，我轻声问：“不过什么？”

“不过，小冷和小焦吵过架。”刘亚秀好像下了很大的决心似的，犹豫了片刻，才说出了这句话。

“小冷和小焦？”我有些诧异。

“是啊，小冷说小张不好，小焦不乐意听，两个人就吵了起来。那次吵得很凶，小冷连药瓶都摔了。”刘亚秀脱口而出。

这句话，倒让我和老杜都有点出乎意料。

“小冷说小张什么了？”我低声问。

“不好听。”

“不好听是什么？”

“哦，就是说小张精神不正常，不应该再来上班。”

“小冷摔的谁的药瓶？”老杜问。

“哦，哦……小张的。她说办公室是工作的地方，不是养病的地方。”

“那当时小张的反应呢？”

“小张跑进卫生间大哭。”哦，这倒像是张梓光该有的反应。

只是，为什么小冷说小张，小焦不乐意听呢？难道，小焦和小张有什么关系？或者，小焦才是那个仗义的侠客，而小冷？……

这段话有点意思……

就在此时，音乐声又一次响起，刘亚秀的脸色瞬间紧张起来，她一把抓过手机，将屏幕朝向自己，只看了一眼，就慌忙站起来说：“对不起，我去接个电话。”然后紧握手机，走向洗手间。自始至终，她都刻意地将手机屏幕朝向自己。

在刘亚秀消失在洗手间的木门内后，老杜看了我一眼，轻轻地冲洗手间的方向摆了一下手，我点点头，随即起身，走向洗手间。

咖啡厅的洗手间相对简单，门外是水池，可供洗手，门内就是厕所。我走到洗手池前，佯装洗手，却将水流开到最小，侧耳细听紧闭的厕所门内的声响。

“周哥怎么没有拦住他？”刘亚秀的声音从门内传来，竟然夹杂着压抑的哽咽。

“他，他死了吗？”

“现在怎么办？现在怎么办……”刘亚秀的声音尽管非常低，却因为带着哭腔，反而更具穿透力，直入我的耳朵。

随即，我听到“咚”的一声响，便迅速闪身，躲进洗手间一旁通向后厨的过道里。然而，却没有开门声响起，依旧有低低的咕哝声传出，想必是刘亚秀的后背倚靠在厕所门上。而我，也没有再走到洗手池前，而是径直走出通向后厨的过道，回到座位上。

我正想开口和老杜说话，老杜轻轻地摇了摇头，眼睛牢牢地盯着夹在双手合十的虎口之间的手机上。我这才发现，老杜的手机屏幕竟然略微有些发亮。原来，他开着前置摄像头，虽然屏幕的亮度低到灰暗，我还是可以在手机上看到，刘亚秀已经从洗手间里出来，向我们走来。我倒吸一口气，看来，比起老杜我真是新手。老杜抬眼冲我略微笑了笑，右手略微向左用力，触动开关键，屏幕彻底暗了。

刘亚秀走到我们面前的时候，神色慌乱，连说话都不利索了：“两位警官，我，我有点急事，我，我，我要先走了。”这句话，马尾辫小刘说得有些艰难，连眼神都飘忽不定。

老杜的脚在桌下轻轻地碰了我的脚一下，我随即会意，忙起身问道：“出什么事儿了，需要帮助吗？别急！”

刘亚秀似乎更慌乱了，“没，没，没什么事儿，家事，一点家事。”

说完，她抓起座位上的包，留给我和老杜一个歉意的微笑，就匆匆走出了咖啡厅。

刘亚秀刚走出咖啡厅，我就迫不及待地想对老杜说，我刚才在厕所门外听到了什么。然而，老杜却将右手向下压了压，示意我不要说，而他，则端起咖啡，慢悠悠地喝了起来。

我实在憋得慌，老杜，你葫芦里卖的什么药！

我没有看老杜，低头咕哝：“老杜，小刘和小冷有联系，她们一定藏了不可告人的秘密，为什么我们还要坐在这里按兵不动？我们现在不需要喝咖啡，应该起身去追！”

然而老杜却侧脸看了我一眼，目光里饱含着威严，然后他抬起左手的食指，指了指我面前的咖啡。我只得，学着老杜的样子，端起咖啡，喝了起来。

几分钟后，老杜拿起手机，兀自看了起来，我则像屁股下面扎了钉子，热辣辣地难受，坐立不安。

几秒钟后，我的手机"叮咚"响了一声，我掏出一看，是老杜的微信我："这里说吧。"

上帝，敲字太浪费时间，可没办法，老杜选择了这种沟通方式。

"你怕有人监视我们吗？"我在微信上问老杜。

"也许有，这里是她选的地方，必然有她选的理由。"

"也许没有。"

"小心没错。你听到了什么？"

"她问电话里的人；'周哥怎么没有拦住他'，还问'他死了没有'，最后问电话里的人，'现在怎么办？'"

"有点意思。"

"我觉得我们就要接近谜底了。"

"远着呢。"

"派人跟踪小刘？"

"没必要。"

"那下一步？"

"你说呢？"

"接着调查下一个？"

"没错。"

“那这个线索？”

“有用。”

“有用为什么不紧追？”

“不急，先回局里。”

第十七节

浮出水面

跟着老杜走进警察局的时候，内心难免有些忐忑，毕竟，在高墙内呆了整整四年，不可能没有心理阴影。再怎么说，我也曾经是罪犯。

老杜倒是体贴，将我安排在空荡荡的会客间里，端了水给我，温柔地说："在这儿等我，一会儿我就出来。"

我坐在会客间里，看着墙上高悬的警徽和"为人民服务"五个大字，脑子里一团乱麻。好想像老杜说的一样，认真思考一下每个有可能有价值的线索，然后像小猫吃油条一样，将这个迷宫一样的案件啃出来，将一个个线索连接起来，连接成一副完整的图画。然而，当下的每一条线索，我还是看不到它的重要性；当下的每一个人，我还是看不到他的真面目。

到目前为止，只有一个线索是我通过自己的思考和探索独立发现的，那就是"叶酸片"。为什么刘亚秀的叶酸片所剩无几?

刘亚秀不可能只买半瓶叶酸片，当然，她也有可能放了一半在家里，只拿了一部分到办公室，但就算是一半，也得有 50 片，半个多月，至少还要剩三十来片，而不是几片。

当然，她还可能与人分享，但是这个办公室里，除了她，还有谁会需要叶酸片呢?

张梓光？不可能，张梓光还没结婚，看样子连对象都没有。

翻鼻孔女孩？也不太可能，翻鼻孔女孩已经有孩子了，就算是打算要二胎，从她桌面上和抽屉里整齐的摆放来看，她也应该是个很会照顾自己、照顾家人的妻子，而不应该和办公室的同事共享一瓶叶酸片。

冷月？难道冷月对二手药品也来之不拒？这似乎不是特别合理的推测。

那么，还有什么理由，让这瓶叶酸片只剩下了几片呢？

难道，是刘亚秀拿到手的时候，就所剩不多了？

如果这个猜想成立，究竟是谁给她的叶酸片？

叶酸片一天才吃一片，如果是姐姐、妯娌，或者邻居姐姐给的，应该不会拿到办公室来，只要每天早晨起床喝水的时候吃一片就好了。

这样说来，应该是办公室同事给的比较合情合理。

可程鸣工作室里，除了刘亚秀，又有谁会吃叶酸片呢？

张梓光？难道张梓光和焦胜东？或者张梓光和程鸣？

程鸣好色，张梓光长相也算周正，待人处事也算大方。

焦胜东和张梓光年纪相当，刘亚秀不是说，冷月说张梓光不好，焦胜东还和冷月大吵了一架吗？

也不对啊，就算张梓光和焦胜东谈恋爱，没结婚，吃什么叶酸片啊？

难道程鸣欺负了张梓光？这也不对，如果张梓光“被程鸣”，肯定也不会心甘情愿地去吃叶酸片啊？

一瓶叶酸片，简直要让我想到吐血。

还好，在我吐血之前，老杜来了，他让徐峰帮忙查到了一些信息。

老杜摊开了他的笔记本一一和我讨论那些来自啤酒肚徐峰的信息。

“我让徐峰帮忙调查了小刘的丈夫，刘亚秀的丈夫是做设计的，早年获过全国设计大赛的金奖。”

我白了老杜一眼：“难道你的意思是，刘亚秀有杀人动机？程鸣通过她，剽窃了她丈夫的设计创意？”

“我没这么说，不过徐峰的确查到，刘亚秀的丈夫张长青曾经和程鸣的学生合作过一个设计课题。”

“哦？什么时候？”

“大约五年前。”

“那个课题最后怎样了？”

“最后失败了。不过程鸣的学生记录下了这个课题的研究过程，并且写了一篇论文，发表到相关的杂志上。”

“可这和程鸣有什么关系？”

“不知道，但是至少可以说明，刘亚秀在到程鸣工作室工作之前，应该听说过程鸣这个人。”

“你的意思是，她有可能是因为某种原因而应聘到程鸣工作室的？”

“我没这样说。”

老杜接着又翻了一页，上面记录了一个电话号码，老杜指着那串数字对我说：“这是北河渠急救中心的电话，我让徐峰询问了北京所有的急救中心，只有北河渠急救中心在刚才的半小时里，接到过一起自杀案件的求救电话。”

这个消息让我为之一振，不管它和刚才刘亚秀接到的那个电话有没有直接的关系，我都想迅速起身，赶往北河渠急救中心。

看我蠢蠢欲动，老杜按住了我的肩膀，“听我说完。现在人已经在北河渠急救中心了，是从四楼的窗户里跳下来的，人还活着，不过直到现在还昏迷不醒。”

“查到这个人是谁了吗？”我急切地问。

“查到了，一个来北京不到一年的男孩，没有工作单位，只有一个叔叔和他一同生活。”

“他为什么跳楼？”

“好像是抑郁症。”

“哦。不管怎样，我们还是去看看，我觉得天下没有那么巧的事情。”

“等下，还有一个消息。”

老杜又翻开一页，上面贴着好几张打印着通话记录的 A4 纸，看来警察还是有力度的，必然是程鸣以及工作室里四女一男的手机通话记录吧。

老杜翻着这几张纸，边说边划：“这张通话记录是程鸣最近一周的，他儿子被绑架那天晚上，冷月的确主动给他打了电话。

“这两张是冷月这半个月的通话记录，你看，这些划直线的电话是打出去的，这些画曲线的电话是打进来的。在程鸣的儿子被绑架前后，她和办公室的其他几个人都通过电话。但是其他几个人没有一个打电话给她。倒是有几个陌生号码的电话，徐峰派人打过去，都是公用电话。”

“这也看不出什么问题啊！”我一边说一边挠头。

“问题在这儿”，老杜说着，用笔指点着倒数第二个电话，“在刚才给刘亚秀打电话之前，她接过一个电话，这个电话的来电号码，和打给北河渠急救中心的电话，是同一个号码。”

第十八节

毫无特色的男人

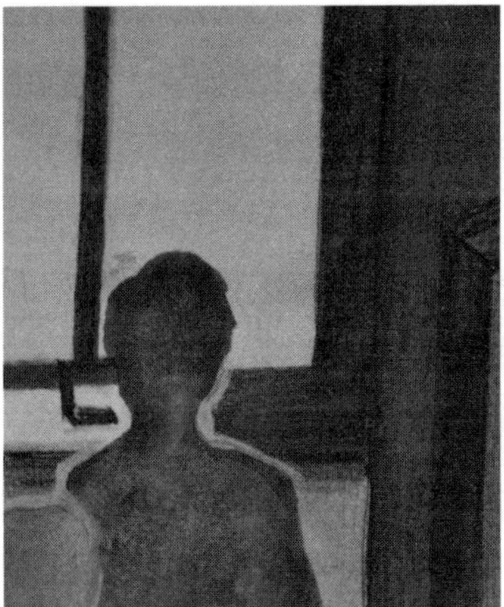

在赶往北河渠急救中心的路上，我开始和老杜玩脑筋急转弯的游戏。

“老杜，我们是不是走错了方向？”

“嗯？”

“我是说，我们是不是一开始就错了方向，办公室里坐的四女一男，都不是凶手。”

“有可能。”

“但他们一定和案件有关，对吗？”

“有可能。”

“有一个人，我们看不见，但他一定藏在幕后，对吗？”

“你以为是《消失的女人》？”

“每个人都有可能参与，对吗？”如果每个人都参与了这起案件，那么……我不敢想，细思极恐。

老杜却笑着说：“你以为是《东方快车谋杀案》？”

“可如果这个自杀的人就是凶手，我们是不是就柳暗花明了？”

“如果现在，他说他就是凶手，你相信吗？”

是啊，现在，不管是谁，如果站在我面前对我说，他是绑架程鸣的儿子的绑匪，他是杀死程鸣的凶手，我，能够相信吗？

“安子，要记住，有些线索是真的，而有些线索则可能是假的，对方也会故布迷阵，我们在明处，对方在暗处。”

“老杜，你的意思是，如果这个自杀的人说他是凶手，那么可能是为了隐藏凶手？”

“不知道，看看再说。”

走进北河渠急救中心的病房时，已过中午，眼前的一幕，多少有些悲凉。

病床上躺着一名瘦弱的小伙子，双目紧闭，面无血色，身旁的监控仪上显示有心跳。旁边坐了一位中年男子，弓着背，双手抱头，脑袋埋在双臂之间，双肘撑在大腿上。

老杜轻轻地咳嗽了一声，然后压低声音，对坐在椅子上的男人说：“你好，我是民警，想了解一些情况。”

男人没有抬头，声音低沉而阴郁：“已经有民警问过了。”

“我们不是一个分局的，不好意思，请您配合一下。”老杜的声音较以往柔和，不过依旧严肃而坚定。

男人还是没有抬头，将抱着头的手臂放了下来，低头叹了口气，“好吧。”

此刻，我唯一想问的问题就是：你和冷月是什么关系？病床上的小伙子和冷月是什么关系？为什么病床上的人出事以后，你会打电话给冷月？

然而老杜看了我一眼，示意我不要开口。

“请问你叫什么名字？”

“周云起。”

这句话，让我心里咯噔一下，刘亚秀在咖啡厅的厕所里不是问电话那头：“周哥怎么没有拦住他？”

老杜不动声色，继续问：“身份证能给我看下吗？”

男人从口袋里取出身份证，递给老杜，依旧没有抬头。

我也顺势朝老杜手里瞥了一眼，身份证上的确写着“周云起”三个字，还真是个响亮的名字。

老杜把身份证还给这男子，问：“病床上的这个小伙子和你什么关系？”

“他管我叫叔叔。”

“哦？他叫什么？”

“孙茂。”

“不一个姓？”

“哦，他管我叫叔叔，不是亲戚，只是住在一起。”

“嗯？你们是室友？”

“嗯。”男子点了点头，却还是没有抬起头来。

“他为什么跳楼？”老杜终于问到正路上。

“这孩子来北京半年多，找不着工作，想不开。”

“他有精神问题吗？”老杜追问。

“想不开就抑郁了。”

“他看过医生吗？吃过抗抑郁的药物吗？”

“不清楚。”这男子轻轻摇了摇头。

“他有什么朋友吗？”

“不清楚。”男子还是摇头。

“你认识一个叫作冷月的女孩吗？”老杜终于提出了这个问题。

“你说的是住在美华公寓会看病的小冷？”这男子略微抬起头，但还是深弓着腰，以至于我只看到了他的额头。

“你认识她？”老杜不眨眼地盯着他，专注而严肃。

“嗯，我之前在美华公寓住过一段时间，找她看过病。孙茂跳楼之前，我还给小冷打了电话，求她来给这孩子看看病。”说着，周云起将脑袋转向病床上的小伙子，叹了口气，“唉，没想到，这边电话还没挂，那边他就跳了。”

周云起的声音平淡，毫无特色，整个人也没有什么特别的地方。他动作迟缓，声音低沉，像一个木讷的老实人。

我看了看老杜，满腹狐疑，这样一个老实巴交的男人，会和程鸣的案件有关吗？病床上这个叫孙茂的小伙子，会和程鸣的案件有关吗？

老杜没有看我，他目不转睛地盯着周云起，不过周云起始终低着头，老杜也无法看清他的面孔。

走出病房后，老杜和我在北河渠急救中心的大厅里坐了一会儿。

老杜给啤酒肚徐峰打了个电话，请他查询周云起和孙茂两个人的情况。

我叹了口气：“也许真的像周云起说的一样，他们只是认识冷月罢了。”

“是吗？”

“感觉这样一个老实巴交的窝囊男人，干不出什么大事来。”

老杜侧了脸，饶有兴趣地问我：“这么说，你觉得犯罪嫌疑人应该长成什么样？”

“啊？哦，我不是颜值派啊，只是觉得人都挂相，这个男人蔫头耷脑的，是那种走进人群就很难再分辨出来的普通人，我实在很难把他和犯罪嫌疑人扯上关系。”

老杜出其不意地嘴角上翘，笑了：“安子，你说得对，这个男人太普通了，普通到简直找不到任何可以记住他的特征。”

“是啊，说了半天，我连他的脸都没看见。”

“安子，你说得非常对，人都挂相，贼有贼相，警察也挂相，但是，正因为他太不起眼了，反而让我觉得特别可疑。”

“什么？可疑？”我惊讶地看着老杜。

“没错，如果他紧张，结巴，甚至在提到冷月的时候表现得不自然，反而是正常的，没有谁在被警察提问的时候，可以很从容、很自如、很坦然。然而他却很平淡、很自然，平淡到你我都感觉不到他有什么语调的变化，平淡到你我都记不住他的声音，抓不到他的特点。这，反而不正常。”老杜笃定地看着我。

“哦？你的意思是？”我满腹疑惑地看着老杜，皱起了眉头。

“安子，有些事情太自然，反而不正常，就像你在路上走，我突然从背后拍你一下，你会不会吓一大跳？”

“当然会。”

“可周云起就没有吓一大跳，我们问到冷月的时候，他很从容。”

“也许他和冷月之间本来就没有什么可以隐瞒的事情，没必要紧张？”

“是吗？那你又怎么解释他从不抬头，以及他的毫无特色呢？”老杜歪着头问我。

“也许他习惯低着头，也许他就是个毫无特色的人。”

“毫无特色的人有两种，一种是真的太平凡太普通，毫无特色可言；一种是扮猪吃虎，有意隐藏自己，从而想办法让自己毫无特色。”老杜看着我，微笑着说。

“扮猪吃虎？”

“安子，想让自己毫无特色，其实也不是一件容易的事情，一个人从你面前走过，多多少少会给你留下一点印象，比如他的个头，他的身材，他穿的衣服，他的步伐，还有他的体型，想要一点印象也不留下，并不是一件容易的事情。”

“嗯？”我的眉头越皱越紧。

“举个例子，北京有些重要地点，都有便衣，但是一般人很难发觉哪些人是便衣，为什么？”老杜问我。

“为什么？”我反问。

“因为他们太普通，你能记住某个穿着鲜艳外套的游客，但是很难记住某个穿着简单的灰色 T 恤的普通路人，然而那个路人可能就是便衣。如果所有的便衣上来就让你感觉他像 007，那么他肯定不是便衣而是演员了。呵呵。”

“你的意思是？不被人注意也是要经过专门训练的？”

老杜笑着点点头。

我摇了摇头，太复杂，老杜，你当年打打杀杀，后来做了缉毒警，如今天天办刑事案件，你的人生经历太特殊，所以你把这个人世想得太过复杂。

老杜看我摇头，冲我微笑：“安子，你还是年轻，经历的还是少啊。依我看，这个周云起，是个硬骨头。”

第十九节

退伍兵周云起和跳楼的孙茂

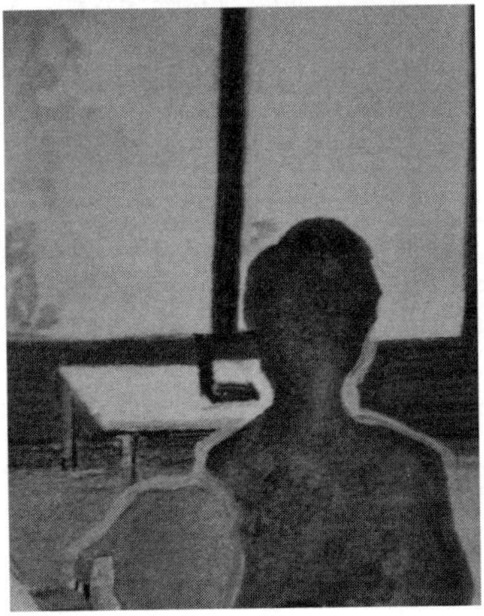

我始终不明白，既然冷月有那么多疑点，为什么不直接询问她？

既然老杜觉得周云起可疑，为什么不继续盘问他？

当然我也知道，一切绝不会像我想象的那么简单，没有谁，能够告诉我们事实的真相；没有谁，能够为我们解开谜团。然而我还是觉得，当面锣对面鼓地问一问，应该有更多的收获。

然而老杜却说，不如不问，就像下象棋，难道对方会告诉你他的下一步棋是什么？即便告诉了你，你相信吗？他的“告诉”必定是在诱导你走向失败，而不是成功。

不过好在，还有啤酒肚徐峰。

当天傍晚，啤酒肚徐峰请老杜喝酒，老杜带上了我。

老杜说，这是徐峰的习惯，作为刑侦支队的支队长，每次遇到难题，他都会请主办的警员喝酒，沟通案情，聊聊进展，安排配合，探讨方案。

老杜看我不解，笑着说：“这是他作为领导的一种策略，也是他的责任，如果我们都破不了案，他这个刑侦支队的支队长还不被局长骂死啊？”

徐峰和我们约在一家火锅店，一进包间，徐峰就神秘兮兮地凑在老杜旁边："老杜啊，你昨天见了周云起？"

"嗯。"

"你觉得他跟程鸣的案件有关吗？"徐峰边说边脱外套。

"虽然还没有线索，但是至少不会是巧合。"老杜说着，坐在铜锅前。

"这个周云起可不是一般人啊！如果他涉案，老杜，你要尽快啊，否则……"

"否则怎样？"老杜转头问徐峰。

徐峰坐下时，啤酒肚撞在桌面上，铜锅里的菌汤摇晃了起来，"否则他要是跑了，你想抓到他可不容易。"

"他是什么人？"我禁不住问道。

徐峰转脸看了我一眼，没有回答，按响了桌上的呼叫器。

我转头看老杜，老杜幽幽地问徐峰："他当过兵？"

徐峰点头："特种兵。"

老杜吐了一口气："为什么退伍？"

徐峰低声回答："老婆生孩子，没人照顾，难产，母子双亡，他就申请退伍了。"

我听了这句话，倒吸一口冷气，这是多么惨烈的人生经历。

"一次性买断？"老杜问。

"对。"

"有前科吗？"

"没有。"

"家里还有什么亲人？"

"父母早年过世，没有兄弟姐妹。"

老杜没有再问，盯着铜锅发呆，服务员敲门进来，徐峰开始点菜。

看着老杜凝滞的眼神，我突然觉出几分无奈和悲凉。其实每个人，都是有故事的人，每个人，都曾被命运的重锤击垮。只是有的人幸运，在悲剧之后被呵护、被关注、被扶起、被救赎，就像我；而有的人，则永远留下了伤痕，就像张梓光。那么周云起呢？他是否被扶起，是否有伤痕，还是，在命运面前悲伤地低下了头？

服务员走出包间后，徐峰对老杜说，就算是程鸣的死因最终被确定为心梗引起的猝死，属自然死亡，程明的儿子被绑架一案也要尽快侦破，尽快找到程鸣用来赎回儿子的三十万，赶在下个季度之前结案。

听到这些话，我才明白，原来警察也有工作压力，也有任务和指标，结案率就是他们的考核指标。

老杜一直没怎么说话，沉默地吃着。徐峰似乎习惯了老杜的少言寡语，也没有再说什么。这倒让我觉得很诧异，至少两个人应该就案情展开讨论吧，老杜和我，好歹也找到了不少线索，不管是真线索还是假线索，总会有些价值吧。

就在我快吃掉半碗麻酱的时候，老杜突然开口：“徐峰，那个孙茂的来历查了吗？”

“查了，没啥可疑的。”徐峰捞了一根宽粉，边嚼边答。

“他从哪儿来？”

“贵州。”

“哦？什么学历？”

“中专。”

“毕业多久了？”

“不到一年。”

“学什么专业的？”

“师范。”

“来北京多久了？”

“半年多。”

“联系他的家人了吗？”

“联系不上。”

“为什么？”

“打电话到户籍所在地派出所，说他家还没通公路，走到他家得一天。”

“电话呢？”

“他家没电话。”

“那家里还有什么人？”

“母亲和妹妹。”

“联系不到邻居或者亲戚吗？”

“没联系到，当地人都靠上山采药生活，一进山就是好几天，家里经常没人。”

好吧，真的是世界之大，什么样的家庭、什么样的生活方式都有，我突然想起老杜那句话：一切都正常。当下孙茂命在旦夕，却无法联系到他的家人，我也只有发出一声长长的叹息了。

“孙茂到北京后都在哪儿住过？都在哪儿工作过？”老杜又问。

“查不到，出事的房间是周云起一个人租的，不过……”徐峰停顿了片刻，目光从铜锅上挪到了老杜的脸上。

“不过什么？别卖关子。”老杜瞪着徐峰说。

徐峰讪讪地笑：“不过周云起的确在美华公寓租住过，他是在一周前才搬出美华公寓，搬到北河渠的。而且还有一个有意思的线索，美华公寓的出租信息里，竟然有两间，都写着冷月的名字。”

“嗯？”我颇感意外。

老杜沉吟片刻，问徐峰：“有孙茂的身份证照片吗？”

“有。”

“回头发给我。”

“好。”

就在此时，徐峰的手机突然响了起来，见鬼，竟然也是尖锐的军号声，这是警察们通用的电话铃声吗？

徐峰接完电话，眼皮一抬，兴致勃勃地对老杜说：“孙茂醒了，但是什么也不说，你要不要赶过去？”

老杜眼睛一亮，抓起我的胳膊就站了起来：“走！”

我们再次赶到北河渠急救中心的时候，已经晚上 9 点多了。周云起依旧佝偻着腰，低着头，坐在病床前。病床上的孙茂茫然地睁着眼睛，盯着我和老杜。

老杜向孙茂出示了证件，孙茂张开嘴，焦灼地一闭一合地说了半天，却没有说出一句话，或者说，没有发出一丁点声音。

老杜皱着眉头，看着孙茂摇了摇头，随即在我耳边嘀咕了一句，我便起身走出了病房。

片刻之后，我拿了纸和笔回来，递给老杜。

老杜将纸摊在孙茂的胸前，将笔塞进孙茂的右手里，然后轻轻地托起孙茂的右手，放在白纸之上。

周云起坐在病床边，两只手攥着孙茂插着输液管的左手，我看见他的手轻轻地颤抖着。

只见孙茂颤抖着、喘息着，用力向上抬头，手中的笔落在白纸上。

我赶紧将旁边空床上的枕头抱过来，塞在他略微抬起的脑袋后。

只见他颤抖着手，万般艰难地写出了歪歪扭扭的两个字："我没"……"没"字还没写完，他就浑身猛地哆嗦了一下，手中的笔滑落，喘着粗气躺倒在身后的枕头上。

周云起慌忙起身，按动床头的呼叫器，语气急促而紧张："护士，回血了。"

我这才发现，孙茂的输液管里，从下向上开始回血……

孙茂被护士和医生们小跑着推进了急救室，周云起一直紧紧地守护在孙茂身旁，寸步不离，他始终没有和老杜或者我说一句话，他始终攥着孙茂的左手，宛如他的大哥，抑或他的父辈，直到行至急救室门前。

急救室的大门关闭后，我和老杜、周云起，都被关在生死门外，我和老杜坐在过道左侧的一排椅子上，而周云起则独自坐在过道右侧的一排椅子上。直到此时，我才意识到，周云起中等个头，身形健硕；我第一次看清他的脸，那是一张极其普通的中年男子的脸，和地铁站、公交站上见到的路人甲、路人乙极其近似，没有丝毫特别之处，甚至让人觉得似曾相识。如果非要说出点特征，那么只有眼神与众不同，那样空洞，那样涣散。

过了一会儿，一名穿着浅蓝色大褂，带着护士帽的护士走出来，老杜上前询问，护士说，病人状况非常不稳定，建议我们不要再询问，待病人的身体指标稳定后再进行询问。

我们在急救室外又坐了很久，久到我甚至感到了困倦，急救室的大门才终于又一次打开。一名穿着白大褂，戴着白口罩的大夫从急救室里走了出来，他摘下右耳上挂着的口罩，说："抢救失败……"

第二十节

男人的较量

我无论如何也没有想到，走出高墙不过几天，就遇见了三个生命的消亡：程鸣的儿子、程鸣，以及眼前这个叫孙茂的小伙儿。

说实话，我连孙茂长什么样还没记清楚，只记得他双眼深陷，眼窝乌青，显然是经久失眠造成的。

这个刚刚二十出头的年轻人到底经历了什么？

仅仅是找不到工作吗？

这具已经丧失了生命气息的身体，在它尚有一息生机时，到底想告诉我们什么？

“我没……”

没什么呢？

没工作？

没钱？

还是没跳楼？

还是——没杀人？

此刻，我站在老杜身后，呆呆地盯着病床上白色床单覆盖的躯体，心中五味杂陈。多么年轻的生命啊，竟然就这样烟消云散。我想起当年垃圾婆对我说过的话：“妮儿，好好活。”是啊，我从出生，就被劫，被捡，就跟着垃圾婆像城市里的野草一样艰难生长，好不容易活下来，不管遇到什么，都没有理由放弃生命，都要好好活。人生再苦，运气再差，只要活着，就有明天，没有人能夺走你头顶的太阳，除非你自己躲进阴暗的角落，除非你自己闭上眼睛拒绝阳光。那么孙茂呢？贵州的大山养育的孩子，应该也是勇敢而无所畏惧的吧，就算是找不到工作，也不至于跳楼自杀吧？我在高墙内呆了四年，只见过想方设法绞尽脑汁逃出监狱寻求自由的罪犯，还没见过一个自寻短见放弃生命的“清白之人”。唉，孙茂啊，你可知，就算你没钱没工作，你的自由、健康和青春，是多少人求之不得的无价之宝啊。

“想什么呢？快给徐峰打电话！”老杜一手将他的手机塞给我，一手掀开了覆盖孙茂的白色床单。

“啊？”我回过神来。

“让他赶紧通知家属，快派眼镜来……”

我慌忙接过电话，老杜则死死地盯着床单下的尸体。好吧，老杜，难道你怀疑孙茂并非正常死亡吗？

不到半个小时，徐峰就带着眼镜警察，以及另外两名警察赶到了。老杜把孙茂的遗体转交给徐峰和眼镜警察，交代了徐峰一句话，“派肖胜送安子回家”，就接过我递给他的手机，走向抱着头、沉默地坐在急诊室外右侧椅子上的周云起。

“我们出去聊一聊，可以吗？”

椅子上的男人没有反应。

“周云起，我们都希望这个孩子能够安心地离开，也许，我们能帮点什么忙？”老杜的声音非常柔和，空气中弥漫了压抑和忧伤。

周云起的身体轻轻地抖动了一下。

老杜没有再说话，一只手搭在周云起的肩膀上。我竟然发现，老杜的那只手的关节渐渐隆起，显然，他在用力。

片刻的沉默之后，周云起终于站了起来，却像丢了七分魂魄，佝偻着，目光消散在急救室外的空气里。

老杜轻轻地叹了口气，转身向急诊室外走去。

周云起木偶般跟在老杜身后，走了出去。

而徐峰背后那名叫肖胜的高个儿警察，则走到我面前，冲我微微点了点头，我也冲他微微点头，然后跟着他走出了急诊室。

走出北河渠急救中心的时候，我看见老杜和周云起一前一后，走向不远处的北河渠，两人的背影在月光下逐渐重叠在一起。

次日清晨，等到 8 点半，出狱那天老杜送我的手机还是寂静无声。我有些不安，拨通了手机里保存的唯一一个号码——老杜的手机号码。

老杜的声音有点发闷，不知道是昨夜受凉了，还是尚未睡醒。问他在哪儿，他却笑着问我："睡醒了？"

"早睡醒了。你呢？"

"在局里。"

"这么早？"

"昨晚没回去。"

"哦？什么情况？"

"有些——情况。"老杜略微拉长了第二个字。

“我过去吧？”

“不用，你自己吃早点，我这就去美华公寓，一个小时后，咱们 701 站台见。”

“你要不先回家睡会儿？”

“不用。见面再说，快吃早饭去。”

“你吃了吗？”

“徐峰买了，吃过了。放心吧。”老杜的声音暖暖的，偌大的北京，因为老杜和海生，我才有了归属感。

一个小时后，701 站台上，老杜抽动着鼻子，冲我微笑，我递给他一张纸巾，问他：“昨晚着凉了？”

老杜眯着眼睛冲我笑，擤完鼻涕，对我说：“北河渠的水有点冷。”

“什么？”我诧异地看着他，眼珠子都快掉出来了，“你抽风了？半夜跳进北河渠里？难道周云起要害你？”

老杜还是看着我笑，然后转身向美华公寓的方向走去。

我跟在他身后，继续唠叨：“老杜，昨晚到底怎么回儿事？”

老杜还是不回答。

我有点着急了，扯住他的胳膊：“你倒是说话啊？老杜。”

老杜回头，还是冲我微笑，然后眉毛向上挑了挑，说：“没事儿，我就是和周云起比试了比试。”

我有点憋气，和老杜并排向前走，老杜啊老杜，你都奔五的人了，还跟人比试什么？好吧，说说听听：“比试结果，谁赢了？”

“当然我赢了。他腿上有伤，抽筋了，我救了他。救他上来的时候，我的烟都没灭。”难得老杜如此得意，还用右手做了一个抽烟的动作。

“你干嘛抽烟？你干嘛要和他比试游泳？”我有些恼火，我认识老杜五六年了，从没见他抽过烟，如今调查个退伍兵，干嘛又要抽烟又要游泳？这是什么套路？

老杜没回答我的问题，却自言自语：“对了，还有半包烟呢。”

说着，老杜从口袋里掏出一包烟，抽出一根，嬉笑着递给我：“你要不要抽一根？”

“去你的！”我瞪着老杜，真恨不得踹他一脚，我不会抽烟，老杜又不是不知道！今天的老杜，怎么突然变成这样了？

老杜却始终笑笑的，他点着了烟，还故意冲我吐了个烟圈，“扔掉可惜喽！大前门哦！”

我伸出右手使劲扇走烟雾，冲老杜低吼：“老杜！”

老杜还是看着我笑，冲天空吐了几个烟圈之后，脸色逐渐严肃起来，“安子，我要是不救他，他昨晚就死了。他是有心寻死的。”说完这句话，老杜低下了头，狠狠地吸了一口，然后将烟头扔在地上，用脚使劲地碾碎。

什么？我愣住了。

什么意思？

周云起？

难道，他畏罪自杀？

直到穿过那片废墟，走到美华公寓的大门前，我才听明白老杜昨晚究竟经历了什么。

他和周云起在北河渠前，进行了一场男人之间的较量，先是掰了手腕，然后又比试了拳脚，最后才是游泳。

掰手腕，老杜输了。

论拳脚，老杜根本没经过什么专业训练，三脚猫功夫都算不上，一交手就被周云起抓住胳膊，一个大背胯给扔了出去。说到这里的时候，老杜还不由自主地伸出右手，在自己的后腰上摩挲了两下。

至于游泳，老杜说，是周云起提出的，可没想到，下水没两分钟，他就不见周云起露头了。他本来还担心周云起水性好，潜水游过来谋害自己，可又游了两分钟，还是不见周云起，倒看见水上出气泡了，就忙游过去。老杜当时什么也没想，下水前，他还点了根大前门，当然也给周云起递了一根，周云起不抽。等把周云起拖上岸，做人工呼吸，直到他苏醒过来，老杜才觉得不对劲儿，周云起特种兵出身，就算游泳再不好，也不可能菜到连水下抽筋的自救都不会啊？除非他是冲着寻死去的。

站在美华公寓的大门前，老杜对我说："周云起现在在人民医院，由肖胜照看他。徐峰派人搜查了他和孙茂的住处，没有线索。孙茂的死亡原因是内脏破裂，大出血，还是摔死的。不过……"

"不过什么？你怎么跟徐峰一样卖关子？"

老杜缩了一下脖子，低声说："眼镜说孙茂应该是同性恋，有严重的陈旧性肛裂。"说完，老杜有点尴尬，不等我说话，就大踏步走向美华公寓门口的传达室。

我站在原地，脑子里一片混沌。

第二十一节

迟了一步

传达室的胖阿姨，依旧一边往嘴里塞零食，一边看电视。只是这次的零食相对健康，透明的塑料饭盒里，满满地盛着新鲜的大枣。胖阿姨一脸开心，咔嚓咔嚓地大快朵颐。

按照老杜的吩咐，当下，我正站在传达室的小窗外；而老杜则在进门后，侧身靠在传达室的墙外胖阿姨看不到的地方。

“阿姨，411 的小冷在吗？”

胖阿姨转头瞥了我一眼，嚼完嘴里的大枣，吐出一颗枣核后，悠悠地说：“小冷啊，走了。”然后就将目光挪回电视，继续看她的肥皂剧。

“她什么时候回来？”我笑着问。

“走了，不回来了。”胖阿姨眼睛始终盯着屏幕，头都没抬。

“不回来了？退房了？”我惊讶地问。

“是啊。”胖阿姨又拿起一颗大枣，塞进嘴里。

“什么时候退房的？”我紧张起来，脑子里突然浮现出“畏罪潜逃”四个字来。

“早上三点多吧。”

“三点多？那么早？”

“是啊，她半夜结算的房费，走了。”胖阿姨一脸坦然，仿佛我的问题有些多余。

“走了？”我忍不住咽了一口吐沫，实在难以相信。

“说走了就是走了，这不，这盒大枣还是她端给我的，说飞机上不让吃零食，就给我了。”胖阿姨说完，又瞥了我一眼，颇有些不耐烦。

飞机上不让吃零食？这是什么理由？那她的东西呢？她租的另外一间房子呢？难道她就这样消失了？真的不回来了吗？

“那她，她的东西呢？”

胖阿姨有些烦躁了，转过脸来瞅着我，“我说你烦不烦，她的东西她自己收拾，关你什么事啊，你要找她就给她打电话啊。”

就在此时，老杜却突然转身凑到了窗前，一句话不说，只是将自己的警官证攥在手里，朝胖阿姨晃了晃，胖阿姨的脸色瞬间大变，连说话都不利索了，“呃，我说，我说，我真的什么都不知道……”

两分钟后，老杜攥了两把钥匙，带着我上了楼，一把钥匙是411房间的，也就是冷月住的那间；还有一把是426房间的，就是冷月租住的另外一间的钥匙。

然而上了4楼，却看见411的房门敞开着，门口围了几个人。上次我和老杜来的时候遇到的那位住在410的黑女人，正站在411门口，招呼大家搬东西。

“布衣柜和鞋柜是给你的，鞋柜里还有两双高跟鞋。翠翠，冷大仙让我告诉你，少买点化妆品，省点钱过日子。大仙还说，二楼的秋裤男心眼好、脾气好，你再挑也挑不到这么老实的了，赶紧和他结了算了。”被唤作翠翠的女人穿着睡裙，噘着嘴，拖长了声音，答应：“好！”然后搬走了布衣柜、鞋柜。

“铁头，兵工铲是你的，冷大仙让我告诉你，日后不管遇到啥儿事，先动脑子想想，别轮胳膊就上，别老让人当枪使。”一个光头、手臂上纹龙的青年走上前，一只手接过铁铲，一只手搔着光头，嘴里答道：“嗯。”

“二蹦子，来，这是冷大仙给你的，你不是一直想要鱼竿吗？冷大仙说本来打算中秋节你生日的时候送你的。你高兴了吧，吃过午饭就去钓鱼吧！”一个左臂下拄着拐杖、身高不到一米四的男子一瘸一拐地走过来，一脸兴奋地接过鱼竿。

“我的呢？”“我的呢？”……其他几个围在 411 门口的人嚷嚷着。

“别急！大胖，给你护膝，还有药膏，大仙说了，送快递的时候慢点，再摔了扭了，自己用这个药膏抹两天就好。”

“老姚，这是你的，防雨的手机套，棉手套、棉耳朵、棉帽子，今年冬天，下再大的雪你也不会长冻疮了。还有反光背心，大仙说天一黑你就穿上，骑慢点，8 点后能不接闪送就别接了，别跟那些送外卖的小伙子比。”

“三婶，这袋子是紫菜，这袋子是糯米，大仙说你没事的时候学学怎么做寿司卷，比你卖煎饼果子赚钱。”

“二妞，给你，这是国画颜料，还有毛笔、墨汁，大仙说她会保佑你，明年你一定能考上美院。”

“过来，土豆，自己扛走，这回你不用去锤大杨树了，记住啊，别半夜锤，吼吼哈哈地吵醒我们，否则我打电话给大仙，让她再施法教训你一顿！”那被唤作土豆的高瘦男人羞涩地走过来，拖走了一个巨大的立式拳击沙袋……

……

这一幕幕，看得我发呆，甚至渐渐地有种想要落泪的感觉，连老杜都一动不动地站着。

这个冷大仙，到底是个怎样的存在？看来她真的是走了，然而她走后的这一幕，却让我鼻子发酸……

直到东西分得差不多了，黑女人和411门前的人才发现了我和老杜。黑女人认出了我们，大声吆喝起来："哎哟，老师，你们来晚了，大仙走了！"

黑女人将剩下的东西往外搬，边搬边叹气："托大仙的福，这一年我俩娃都平平安安，大仙这一走，娃生病了找谁啊？医院怎么去得起啊？"

老杜跟着黑女人走进411，帮着往外搬东西。我跟在老杜身后，往里一看，乖乖，这东西还真不少，不愧是二手物品交易群的群主，零零碎碎什么都有。

老杜边帮忙搬边和黑女人聊天："这孩子，走也不提前说，说走就走了，真叫人不放心啊。"

"她半夜敲我家门，吓我一大跳，她说男朋友的妈妈突然生病，要去照顾，估计半年一年都好不了，所以就不打算回来了。"

"之前她男朋友来找过她吗？"

"没啊，之前都没听她说过有男朋友，不过她是大仙，很多事情不告诉我们，不过她应该告诉你的，你是她老师啊。"

"这孩子，一向主意大。"老杜叹了口气，说道。

“她没说去哪儿吗？”我忍不住问道。

“没说，就说要赶飞机，说夜里的飞机打折，便宜。”黑女人说完，起身走出 411，把立在门口右侧的自行车推到水房旁边的一根暖气管前，用链子锁锁在暖气管上，边锁边咕哝：“这还是小帽儿的自行车，小帽儿也走了，五爷也走了……”

老杜跟在她身后，站在 410 门前，“您先收拾着，我们到传达室去问问，她的房租水电费结清了没，没结清帮她结清，这孩子，让人不放心啊！”

黑女人背对着我们，点点头，“你不用担心大仙儿，她是你的学生，本事是你教的，肯定差不了……”

第二十二节

消失的女人

我和老杜又回到了传达室的小窗口前，这一次，胖阿姨慌慌张张地把我们让进了传达室，捧出了登记簿。

冷月的确在美华公寓租了两间房子，411 房间是一年前租的，426 房间是八个月前租的。冷月一早走的时候，就把 411 和 426 的房租、水电费都结清了，胖阿姨念及冷月常常给她和她的孩子看病，没克扣她一分钱的押金，两间房子都没到期，都是按天计算，剩余的房租，以及押金全部退给了她。

而周云起也的确在美华公寓租过房子，更有意思的是，周云起租的是 425 房间，就在 426 的西隔壁。

那么冷月为什么要租两间房子？ 426 房间是给谁租的？住的又是什么人？

胖阿姨说，小冷租 426 房间的时候，说老家的亲戚来北京找工作，她帮忙给租一间房子，不过后来 426 的房租和水电费一直是小冷交的。426 房间住的是个大男孩，白白净净，也就二十出头，很腼腆，极少说话，胆子非常小，回答别人的话都会脸红。胖阿姨说大家都管那孩子叫小帽儿。

胖阿姨还说，426 隔壁的 425 房间是半年前租下的，租户叫周云起，因为他的房间号最后一位数字是“5”，他年纪又大，所以大家都管他叫“五爷”。

后来，老杜给胖阿姨看了孙茂和周云起的照片，经过胖阿姨指证，孙茂就是小帽儿，周云起就是小帽儿的隔壁邻居“五爷”。

这个调查结果对于我们来说，应该算一个巨大的进展吧，至少证明了周云起和孙茂的关系，也说明冷月和孙茂有关系。

接下来，我和老杜分别打开了426房间和425房间的房门，不过屋内空空如也，毫无线索可寻。我和老杜还向424，也就是425东隔壁的邻居打听了有关425和426的情况。住在424的，就是那位穿着睡衣、被410的黑女人唤作翠翠的女人，她皱着眉头对我们说，小帽儿和五爷人都很好，大家也都相处得挺好的。除此之外，她什么也没说。

接下来怎么办？

站在410门前，看着黑女人一趟趟地将冷月留下来的东西分类、整理，我的内心莫名的伤感，一种大幕落下，筵席散尽的孤寂涌上心头。冷月应该是个好人吧，至少在大家眼里如此，不论她走到哪里，留下的都是赞扬和惊叹，且不论她的内心世界，且不论她的学业和工作，至少她做到了中国那句老话：“人过留名，雁过留声。”

事实上，我一直觉得，在程鸣儿子的绑架案以及程鸣之死一案中，冷月的嫌疑最大，但如今看来，如果可以把程鸣工作室看作一个小小的江湖的话，冷月，应该是最仗义的江湖儿女。

然而，她一定知道些什么，或者，她知道事情的全部？

可她走了，我们都没来得及和她当面锣对面鼓地交谈一次，这怎么办？

“老杜，能派警察拦截冷月吗？”我压低声音，悄悄地问老杜。

“去哪儿拦截？”老杜反问。

是啊，去哪儿拦截？

“去机场。”

“你觉得她说的话会是真的吗？”老杜哼了一声，显然，我的提议在他看来过于幼稚。

“那也不能就这样让她走了吧？”我有些焦灼，在我看来，冷月是最大的线索。

“不急，会有办法的。”说完，老杜又和黑女人聊了几句，不过似乎什么有用的信息都没有问出来。黑女人和翠翠一样，对于小帽儿和五爷只有一个评价，那就是都是好人，大家也都相处得挺好的。除此之外，什么也问不出来。

面对这乱麻般的现状，我心里就像有一百只小猫，伸了爪子不停地抓挠。

孙茂跳楼死了，周云起自杀未遂，冷月走掉了……这究竟是怎么回事？

到底谁是嫌疑人？

这些人，究竟和绑架案以及程鸣之死有没有关系？

而那笔高达三十万的赎金，现在又在哪里？

“走，先吃饭去。”老杜却不急不慌，带着我下了楼。

我哪还有心情吃饭？再说还不到十二点，着什么急？

老杜头也不回，径直走出了美华公寓，我只好紧随其后。

老杜带我去的，还是“安徽板面”，老杜先要了两碗面。

姜还是老的辣，两碗板面还没端上来，老杜就从干瘦的老板娘嘴里问出了一些不寻常的事情。

首先，冷月今天早晨走的时候，她看见了，当时她家刚开门，准备做早点卖的老豆腐，冷月拖了个行李箱向公交车站走去，不过她看见冷月穿着一字拖。

其次，老板娘认识小帽儿，因为小帽儿常来吃早餐，他还和人一起来吃过毛豆、花生、羊肉串，老板娘记不清是和谁一起来吃的，只记得小帽儿整整齐齐地将毛豆皮堆放在一起，顺序排好，摞成一座小山。老板娘说，她还是第一次见到连毛豆皮都摆放得像列队的士兵一样整齐的客人。老板娘还说，小帽儿应该上过几个月班，那几个月，小帽儿早晨来得很早，吃早饭的时候戴着耳机听歌，还给自己十几岁的小儿子听过。我们说话的当儿，老板娘的小儿子中午下学回来，老杜问他还记不记得小帽儿哥哥给他听过什么歌，那和他母亲一样干瘦的少年哼出了“月亮在白莲花般的云朵里穿行，晚风吹来一阵阵快乐的歌声，我们坐在高高的谷堆上面，听妈妈讲那过去的事情……”后来还给我们哼唱了《让我们荡起双桨》……

最后，老板娘的小儿子还说，有一天早晨，他对小帽儿哥哥说自己下个月过生日，小帽儿哥哥还说，到时候发了工资，买个漂亮的宜家的水杯送给他……

宜家的水杯？这让我突然想起潞水湾办公室里，冷月抽屉里的那个宜家水杯，那个水杯莫非和孙茂有关系？

再次，冷大仙不常来吃饭，但是曾经有半个月，冷大仙好像生病了，蔫蔫的，早饭和晚饭都在板面店里打发，还给老板娘支了很多招揽生意、节省成本的妙招，以至于后来老板娘说什么都不肯收大仙的饭钱。大仙还给老板娘的小儿子看过病。老板娘总盼着大仙来吃饭，她每次来，总能给老板娘带点超级实惠的消息来，比如美华公寓后面新开的菜篮子工程每天晚上 9 点菜品处理，非常非常便宜；再比如拆迁的那片废墟对面的邻家便利店撤店，临期方便面一箱五块处理，等等。

下午 2 点多，我和老杜回到分局，这一次，老杜直接把我领进了技术大队的办公区，虽然我的内心还是难免怯懦，但有老杜在，我什么都不怕。

老杜带着我一进公安分局的大门，迎面而来的民警就纷纷和老杜打招呼，这个说："杜哥好"，那个说："老杜，回来了？"走到徐峰办公室门前，老杜在窗外敲了敲玻璃，徐峰抬头看见老杜，忙起身向外走。

我心里暗想，老杜做刑事案件不过两年，怎么混得如此风生水起、尽人皆知？莫非他破了不少大案，是这里当红的刑警？

一开门，就看见啤酒肚徐峰的笑脸。徐峰这张脸，简直和他的肚子一样圆，说难听点，像个抻平了褶子的包子，眼睛不小，肉眼泡，嘴巴不小，厚嘴唇，看起来憨厚有余，机警不足。加上个子不高，丝毫没有电视剧里的刑警风范，要不是眼神还有几分狡黠和敏锐，我简直就要把他看成一个标准的中年油腻男。

相较之下，老杜比徐峰利索多了。虽然老杜秃顶、瘦削，还略微有些驼背，也不爱笑，甚至看起来有些阴冷，但是他有他的威严，不是有个词叫作“不怒自威”吗？这个词用在老杜身上，倒是有几分恰当。总体来讲，老杜比徐峰有男人味儿多了。不过为什么四五年前我初识老杜的时候，没感觉他有男人味儿呢？那时候的老杜，除了蔫儿，还是蔫儿。

徐峰把我和老杜让进屋里：“老杜，快来，怎么样了？有进展吗？”

老杜也没客气，带着我跨步进屋，一屁股坐进徐峰办公桌对面的沙发里，他没有马上回答，而是从茶几底下的纸箱里拎出两瓶瓶装水，递给我一瓶，然后自己打开一瓶，兀自喝了起来。

一瓶水快要见底的时候，老杜终于放下了水瓶，开了口：“徐峰啊，帮我查个人。”

“什么人？”徐峰不再笑，严肃地问。

“就是程鸣工作室里那个叫冷月的女孩。”

“她跑了吧？”

“对。”

“好，从哪儿查起？”

“今天早晨三点多从美华公寓走的，拎了行李箱，穿一字拖，往公交站方向走，估计坐了夜班车。”

“好。”说完，徐峰抓起桌上的电话，拨通号码打了出去，对电话那头交代了一番。

放下电话，徐峰问老杜：“你觉得她嫌疑大吗？”

“大。”

“那这个案子和北河渠的自杀案有关系吗？”

“现在还不能完全确定。”

“如果发现线索，要派人去追踪吗？”

“暂时没必要，只要叮嘱肖胜看好那个退伍兵就成。”

徐峰缩了缩脖子，咽了口吐沫，说：“我正要告诉你，那个叫周云起的退伍兵，跑了。”

“什么，跑了？”我禁不住低声叫道。

老杜挑起眼皮，问：“什么时候跑的？”

徐峰咂巴了一下嘴：“今天上午十点多。”

第二十三节

就此结案

事情似乎变得更加复杂了，冷月在昨天半夜三点多走掉了，而退伍兵周云起，则在今天上午十点多从医院逃跑。不管这两个人有没有关联，事情都变得更加错综复杂。

“怎么跑的？”老杜问徐峰。

“打晕了肖胜，从厕所的窗户逃走的。”

“跟踪手机信号。”我接茬。

“没用，手机信号到卫生间就消失了，肯定是把手机卡扔马桶里冲走了。”徐峰无奈地说。

“医院门口的马路上有摄像头吧，肯定能查到他往什么方向跑了。”我提醒道。

“没用，他肯定会偷衣服，然后混在人群里。”老杜看了我一眼，摇了摇头。

我不再说话，低下了头。

接下来的半个多小时里，老杜和徐峰聊了聊案情。关于闷葫芦李胜达，关于麻花辫张梓光，关于马尾辫刘亚秀，关于一字眉冷月，当然，也聊到了退伍兵周云起，还有自杀的孙茂。

徐峰查到了下面这些消息。

有关闷葫芦焦胜东，几乎乏善可陈，他出生在通州区西集镇，从出生到现在都住在西集，邻里们说他是个沉默的孩子，从小就没有什么朋友，既没见他和女孩子交往过，也没见他和男孩子有太多交往，他的父母非常着急，希望他能早点谈恋爱，可他似乎既没有喜欢过谁，也没有谁喜欢过他。

关于张梓光，情况比最初我们听到的更复杂。徐峰派人找到了曾经给张梓光做过治疗的心理咨询师朱明军，朱明军说张梓光少年时代就在他这里做心理咨询，一直在服用抗精神病药物，然而她的父亲去世后，也就是五年前，她就很少来了。朱咨询师还说，事实上，张梓光之所以不再来，就是因为不愿吃药，因为如果她不吃药，就可以经常“看见”爸爸，和爸爸“见面”。可如果吃了药，就“看不见”爸爸了。朱咨询师还说，张梓光只是轻微的精神分裂，如果没有强烈的精神刺激，不会严重影响生活。

更让我感到迷惑的是，有关张梓光，徐峰还提供了一条线索，那就是根据我们提供的程鸣工作室里每个人桌子上和抽屉里的物品照片，张梓光抽屉里的黑熊巧克力和程鸣的儿子口袋里的巧克力一模一样。这个消息不免让我感到不安。

有关刘亚秀，徐峰更是爆出了一个让人震惊的线索，那就是刘亚秀的丈夫张长青曾经和程鸣的学生合作过一个设计课题，这名学生竟然就是杜鹃，也就是程鸣现在的太太。当时，课题失败后，杜鹃记录下了这个课题的研究过程，并且写了一篇论文，发表在相关杂志上，署名张长青和娟子。最初调查人员并没有意识到娟子就是杜鹃，只是从论文附注的两位指导老师之一——程鸣的名字推测，娟子是程鸣的学生。后来调查人员调取了张长青和娟子当时在杂志留存的作者的身份证信息，通过比照才发现，娟子竟然就是程鸣现在的太太杜鹃。

最后，徐峰还神秘兮兮地说，从程鸣儿子的衣服上，提取到了许多人的指纹。

我问：“有哪些人？”

啤酒肚徐峰嘿嘿一笑：“那天在程鸣工作室里的所有人。”

我皱起眉头，疑惑地看看老杜，又看看徐峰：“除了他们之外呢？”

徐峰瞪大了眼睛看着我：“你的意思是？”

“我的意思是，有没有孙茂和周云起的指纹？”我按捺不住，追问徐峰。

徐峰微笑着摇摇头。

看着徐峰的微笑，我突然有一种虚无的感觉，似乎一切都回到了原点。

难道，孙茂和周云起与程鸣的案件没有关系？

难道，孙茂的自杀和由他的某个身体特征所引发的有关同性恋的疑点，可以简单地解释为和周云起之间发生的恋情和情感纠葛？

不，不，直觉告诉我，这不可能，周云起的一切都平常到不能再平常，甚至让我无法相信他会有同性之爱的嗜好。

而冷月的“跑路”和周云起的逃离，又蹊跷地都发生在今天，一个是凌晨，一个是上午，我无法说服自己，二者毫无关联。

我满脑子乱麻，半晌儿回不过神来，直到被电话铃声惊醒，看见啤酒肚徐峰抓起了桌子上的电话。

“1075夜班车的监控记录有看到她上车吗？

“箱子里有什么？

“拖鞋也扔了？

“她一定坐在最后一排，最后一排是盲区。

“不可能，就算她换了衣服，也还是能查出来从哪儿下了车，仔细看监控，绝对能发现！给我挨个数人头，一定要把她数出来！”

此刻，啤酒肚徐峰竟然不淡定起来，冲着电话咆哮起来。

连老杜也在一旁轻轻地摇头。

我皱起眉头，轻声对老杜说：“我一开始就觉得冷月嫌疑最大，现在跑了，怕是不好抓到了。”

老杜还是摇头：“我觉得不对。”

“什么不对？”我低声问。

“这个孩子，怎么可能跑呢？”

“她为什么不可能跑，难道她老老实实地等我们去抓？”我更加迷惑。

“不可能，就算她是嫌疑人，也不可能在这个时候跑掉，这不是欲盖弥彰吗？她怎么可能想不到？”

“她一定是害怕了，所以一走了事。”我低声回答。

老杜却还是摇头。

这时，徐峰放下电话，叹了口气，对老杜说：“老杜，你该早点申请监视这个女孩，现在让她跑了，恐怕就不好抓了。”

老杜还是连连摇头，他一脸严肃地说：“不，她跑得好，如果她不跑，我还不能确定嫌疑人是谁，现在，我想请你就此结案。”

结案！

天啊，老杜是神探吗？

难道他是《名侦探柯南》里的沉睡小五郎，即将为我们揭开这谜案的真相？

难道他已经完全洞悉了程鸣之子绑架案和程鸣命案的作案过程，查明了凶手？

我和徐峰都呆呆地看着他，宛如看着一尊神像。

徐峰停顿了片刻，皱着眉头说："我们要抓住她，才能结案啊。"

然而老杜却说："现在还不能确定谁是凶手，但是徐峰，如果你结案，凶手很快会浮出水面。"

徐峰长长地叹了一口气："嗨！我还以为你已经确定凶手了呢。不就是欲擒故纵吗？可人都跑了，你还用这一招，就算是确定了凶手，你也抓不回来了啊！"

老杜嘴角上扬，微笑起来。案情如此复杂，进展如此不顺利，他竟然还笑得出来？

"徐峰啊，我问你，如果我现在说出谁是嫌疑人，但是怎么也找不到那三十万，这样的话，就算我们抓到了嫌疑人，又有多大价值？谁能保证嫌疑人会说出那三十万的去处呢？"

徐峰沉吟片刻，抬起头来，无奈地吐了一口气，看着老杜，说："好吧，老杜，你说，你让我怎么做？"

"我要你就此结案。"

第二十四节

翻鼻孔的烟幕弹

我万万没有想到，走出高墙，和老杜搭档的第一起案件，竟然就这样草率地结案了！

虽然几日后，老杜还是恪守职责，带我对翻鼻孔女孩做了一番询问，但是结案，却已经成了不可改变的事实。

而且徐峰，也因为这起案子，成为众矢之的。

首先是程鸣的老父亲，接到结案通知后，就走进了《天网》节目，和律师面对面讨论这期案件，并在屏幕上对警方的草率结案大肆谴责，甚至给徐峰扣上了为了追求结案率而草菅人命的大帽子。

而接下来整整一个月，徐峰都被记者追踪采访，甚至有记者在采访中故意刁难，问他为什么将北河渠的同性恋自杀案件和程鸣工作室的绑架案以及程鸣命案生拉硬拽地联系在一起，是不是勾结了北河渠警察局，以便同时将这两起案件结案？

还有一本以深入报道享誉全国的时事类杂志，在采访了徐峰和老杜以及北河渠警察局负责孙茂自杀一案的刑警之后，刊登了一篇直指警务工作考核制度的纪实报道，文中甚至号召读者们一起谴责警方的不作为，以舆论的力量推动制度的改革，以求进一步完善法制。

这些，都是我万万没有想到的，就算是徐峰说了，老杜的做法不过是欲擒故纵，我还是不能够接受这个现状，明明所有的线索都已经指向了犯罪嫌疑人，为什么还要出此下策，还要累及啤酒肚徐峰？

明明一字眉冷月已经逃走；明明麻花辫张梓光抽屉里的巧克力和徐峰儿子被绑架时口袋里的巧克力一模一样；明明翻鼻孔女孩抽屉里的易拉罐就是制作烟幕弹的工具；明明马尾辫刘亚秀的丈夫曾经和程鸣的现任妻子杜鹃共同研究过课题……当然，我还认为孙茂和周云起与程鸣的案件有关，可老杜这样生拉硬拽地捆绑这两起案件，非要说孙茂是绑架程鸣儿子的绑匪，畏罪自杀，真的就是完全是不负责任的做法，就算是欲擒故纵，也未免太过伤害民众对警方的信任了吧？

不过，我什么也没有说，我只是在和老杜一起询问翻鼻孔女孩的时候，意兴阑珊，甚至懒得和老杜配合，既然已经向外公布就此结案，对翻鼻孔女孩的询问又有什么价值呢？再说，此案已经被媒体渲染得沸沸扬扬，翻鼻孔女孩又怎么可能不去思考应对之词呢？难道老杜，你的欲擒故纵，就是要从翻鼻孔女孩的嘴里，套出那三十万的下落？不可能，我个人认为，绝不可能。

然而对于翻鼻孔女孩的询问，还是卡在易拉罐的问题上。

我们是在芳草幼儿园对面时尚街区广场的休闲长椅上询问翻鼻孔女孩的，当时她刚刚送孩子去了幼儿园。翻鼻孔名叫赵玉芳，今年 32 岁，河北沧州人，在她的简历上，密密麻麻写着各种从业经历，以及掌握的各种技能。赵玉芳做过销售、前台、服务员、打字员、设计、美工、平面设计师、排版员等职业，她能够熟练使用各种软件，在她的简介上，列出了WPS、WORD、ADOBE INDESIGN、PS、CDR等一大堆软件名称。而坐在我们面前的赵玉芳，完全是个标准的主妇，黑框眼镜，细长的小眼睛，高颧骨，翻鼻孔，薄嘴唇，大嘴巴，斜背着用破旧牛仔裤改造的包包，微笑着坐在我们对面的长椅上。

赵玉芳比之前我们询问过的少白头焦胜东、麻花辫张梓光和马尾辫刘亚秀都要放松很多。她看起来很轻松，总是微笑着，语调愉悦，不过后来我才意识到，她的放松并不是因为不紧张，而是因为她习惯了未开口先微笑，习惯了和缓热情的语调。

这一次，我闷闷不乐地看老杜一个人演独角戏。不过我没有想到，老杜直奔主题，连寒暄都省去了，倒是痛快。

“这个案子虽然已经结案了，不过公事公办，调查记录还是要有的，请你配合。”连老杜自己都一脸的无奈。

“请问你最后一次见到程鸣的儿子是什么时候？”

“哦，出事的前两天吧，程鸣的儿子常常到办公室里来，很招人喜欢的孩子。”赵玉芳说话的时候，眼角下弯，嘴角上翘，一个像正八字，一个像倒八字，如果不是鼻子和颧骨阻隔，估计就合成字母“O”了。

“这孩子有什么与众不同吗？”老杜的这个问题问得有点跑题吧？

“嗨，不都是孩子？爱玩爱闹，爱吃糖、爱吃肉，要是赶上中午吃饭的时候，饭菜里只要有一丁点儿肉，都会被他挑去。”赵玉芳说这话的时候，依旧微笑着。

“程鸣常常给他买零食吃吗？”

“是啊，有时候程鸣老师也会把他给儿子买的零食分给我们吃。”

“程鸣给他买过巧克力吗？”

赵玉芳一听，眼睛笑得更小更弯：“还真叫您给问着了，程鸣老师就爱给儿子买巧克力，而且还总买一种俄罗斯进口的巧克力，我们都吃过，叫黑熊士力架。”

哦？我看了老杜一眼，又转眼盯着赵玉芳。

“我们后来调查了现场，在你的抽屉里发现了铁剪和易拉罐，请问你用这两样东西做什么？”老杜毫不隐讳，单刀直入。

“哦，做手工用，这个……”说着，赵玉芳拍了拍斜背的包包，“就是我自己做的。”

“那易拉罐能做什么呢？”老杜认真地问。

“可以做烟灰缸、小花瓶、小灯笼，还可以做成爆米花机。”赵玉芳说着，咧着嘴开心地笑了起来。

“爆米花机？”老杜侧了脸，看着赵玉芳。

“是啊，只要两个易拉罐和三段蜡烛头就可以了。”赵玉芳一脸满足，似乎这是她的发明创造。

“哦，我之前也看到过此类手工，说易拉罐可以用来做烟幕弹。”老杜若无其事地接茬。

赵玉芳愣了一下，继而又微笑起来：“这个我还真没听说过，是不是像爆米花机一样，会噼噼啪啪的爆炸？”

老杜没有说话，摇了摇头。

片刻的冷场之后，老杜又一次发难：“你知道程鸣的儿子是怎么死的吗？”

这一次，赵玉芳没有笑，她抿了抿菲薄的嘴唇，答道：“被撕票了吧。”

老杜点了点头，接着说：“劫匪先是约在东明化工厂，后来又提出更换地点，就在程鸣赶往新地点时，劫匪使用了烟幕弹，于是程鸣就此消失。直到二十分钟后，警方才发现了程鸣和孩子的尸体。”

这一次，赵玉芳拼命地睁大了她那双小眼睛，瞪着老杜，嘴巴啜成了一个小小的“O”字：“你的意思不会是怀疑我参与了绑架，做了烟幕弹吧？”

这次轮到老杜微笑了，他轻声安抚赵玉芳：“别冲动，我并没有这么说。”

赵玉芳深深地吸了一口气，盯着老杜，脸色渐渐变红，随即站起身来，严肃地对老杜说：“请你尊重我的人格，我也有孩子，作为母亲，我绝不会伤害任何一个孩子！”

说完，赵玉芳愤怒地抬起手，捋了捋头发，转身走出了时尚街区广场。而我，却在她抬手的一瞬间，看见她的鬓角上别着黑色的小发卡——与我和老杜在东明化工厂门口的石狮子肚子下面发现的那个黑色小发卡一模一样。

第二十五节

人为什么活着

我认为，我们已经发现了很多线索，正在一步步向真相靠拢。就算是冷月逃掉了，我们还是能够从这样那样的线索中探寻到蛛丝马迹，从而实现一片片真实的拼图，向最终的真相迈进。然而老杜突然要求徐峰结案，却让我不知所措，老杜不是说，要有耐心，要像小猫吃油条一样一点点啃吗？怎么还没找到连接所有线索的关键环节，他就没耐心了？虽然是欲擒故纵，可毕竟已经闹得满城风雨，这以后还怎么暗中侦查，还怎么圆满收场？

当天中午，在包子铺吃炒肝和包子的时候，老杜看着蔫蔫的我，忍不住笑了起来。

我却不满地盯着他，撅起了嘴："你这个欲擒故纵，真叫人琢磨不透。"

老杜笑着对我说："安子，我们下午去南湖划船好不好？让你的小脑袋好好吹吹风，清醒清醒。"

"我看是你需要清醒清醒，人都跑了，你还欲擒故纵，你以为你是诸葛亮，能七擒七纵啊！"

说实在的，老杜提出到南湖去划船，还真在出乎我的意料。从我23岁到北京，到后来进入高墙，再到如今，别说和男性去划船，就连和同性一起逛公园都从未有过。我没有时间，没有朋友，尽管和雷海生结婚后，也曾经和雷海生一起“欧洲小镇半日游”，不过这“欧洲小镇”，不过是住处附近一个风景非常优美的欧式小区而已。因为难得休闲，所以我戏称那次闲逛为“欧洲小镇半日游”。

而如今，老杜要带我去南湖划船，倒让我颇为意外，毕竟我刚刚走出高墙没多久，毕竟我除了跟着老杜查访案件，还没有真正的工作和收入，也就是说，我仍然衣食无着。而当下的案子，已然山穷水尽，却不见柳暗花明。这个时候去游玩，似乎不合情理。

不过老杜倒是兴致勃勃，他带我坐公交车到了南湖公园，交了押金之后，就带我上了船。

好吧，老杜，既然我已经上了你的“贼船”，就干脆开开心心地看风景吧！

“安子，你说，人为什么活着？”老杜坐在船尾，双手划桨，问坐在船头的我。

我一直朝前坐着，感受着风从耳边吹过，看着波光粼粼的水面，听到老杜的问题，便转过身来。

我看着老杜，笑了：“为什么活着？老杜，你要和我探讨人生啊？那我倒要反问你，人为什么活着？”

老杜笑了，笑容里竟有几分腼腆，很可爱，“人为爱而活。”

“是吗？”我歪了头，探究地盯着老杜。

“是啊！安子，你看这南湖上，划船的都有什么人？”

“都有什么人？”我环顾湖面，不管是脚踏船、电动船还是划桨船，上面坐的不是年轻的情侣，就是一家三口，要么就是和父亲或者母亲一起划船的小夫妻或者儿子，或者女儿。而我和老杜，看起来就像是一起划船的父女。那么他们是什么人？他们都是普通人啊。

老杜见我一脸迷惑，微笑起来，“安子，划船的大都是有家有爱的人。”

老杜这句话是什么意思？

老杜不再微笑，目光散落在波光粼粼的湖面上：“曾经有好多年，我一直觉得自己活得浑浑噩噩，行尸走肉，没有爱，没有温暖。”老杜轻轻地叹了口气，转而看向我。

“那些年我甚至觉得，自己应该早早死掉。”老杜是严肃的，他没有一丝玩笑之意，眼睛里满是落寞。

“我跟着四个哥哥，从小打打杀杀，从北京到深圳，又从深圳回北京……后来父母去世，哥哥们去了云南，只留我一个人在北京，像无根的浮萍一样飘啊飘……

“那些年，我觉得自己活着和死了区别不大，走在马路上是我，回到家也是我，不需要惦记谁，也没人惦记我。除了偶尔接到哥哥们的电话，觉得自己还活着，还有人惦记之外，其他的时候，我就是一缕孤魂，飘荡在天空里……

“我曾经试着去和异性接触，但是没人能走进我心里。换句话说，我的心里是空的。有时候，我走在马路上，就盼着汽车冲过来，把我撞死；有时候，我走在街头，就希望自己就地晕倒，猝死街头；还有的时候，我烧开水，就想把开水浇在自己的手上、身上，然后就这样死掉；更多的时候，我喝了酒就睡，希望自己一睡不起，反正这人世间也没有什么值得我留恋的东西……

“有段时间，一到周末我就出去旅行，我不找景点，哪儿没人去哪儿。坐火车、坐汽车、坐人力三轮、走路，就想一直走下去，一直在路上，一直不回头。人生没有意义，只有路边的树木山石，只有天上的白云太阳，我就是尘世间的一缕轻烟，就是造物主的一个错误，不知道何时会落入尘土……

“还有段时间，为了打发时间，一下班我就窝在沙发里看大片，从《美女和野兽》看到《断背山》，从《贫民窟的百万富翁》看到《盗梦空间》，从《花木兰》看到《超能陆战队》，从《风月俏佳人》看到《雨人》，从《肖申克的救赎》看到《楚门的世界》。可越看越觉得自己离群索居、形影相吊。后来开始看书，从《月亮和六便士》看到《世界未解之谜》，从《乱世佳人》看到《活着》，从《小王子》看到《莫泊桑短篇小说选》，还是觉得虚无和空洞。最后，我干脆什么都不看，只看有线电视里的《动物世界》。关于人生，我最快乐的记忆就是和父亲、哥哥们一起看《动物世界》，那时候我们兄弟五个都梦想有一天能够去亚马逊河旅行，看遍那些神奇的热带动物。我当时最喜欢看的就是各种各样的青蛙，箭毒蛙、牛蛙、非洲巨蛙；还有各种各样的鱼，包括食人鱼，还有两百多斤的食人巨鱼……

“那时候我最羡慕的就是别人家里吵架、打架，人家有人可吵，有架可打，吵完打完还是一家人，还会你工作我看娃，你溜娃我做饭，到了饭点喊你和娃回家吃饭。那时候看见和老婆赌气，中午不回家，在小区象棋摊前发呆的邻居，就劝人家赶紧回家，骂人家不知足；那时候看人家早上忙忙叨叨地送孩子上学，中午和晚上忙忙叨叨地买菜做饭，接孩子放学，就蹲在幼儿园和小学门口，看人家接孩子，心里又难受又羡慕。

“为啥老话儿说，老婆孩子热炕头啊，其实再大的抱负，再高的追求，都是天上的气球，就算是坐上热气球上了天，最终还是要回到地面，还是要回到家，还是老婆孩子热炕头最踏实。

“有一次值夜班，闲着无聊跑传达室聊天，遇见一个中年妇女，晚上遛弯把孩子溜丢了，跑来求助。我一辈子都忘不了她那副着急的模样，简直就是急疯了，急得恨不得抓着我们的衣领子，跟她一起去找孩子。我帮她打电话给片警，她站在旁边，急得直哆嗦。我破例给了她我的电话，跟她说要是天亮还没找着，给我打电话，我值完夜班帮她找。第二天天亮的时候，没人打电话给我，我就打给了片警，片警说孩子找到了，我心里一块石头才落了地。那件事之后我还琢磨过，我是不是应该去领养个孩子……

“后来老武找到我，说找到了海生，我突然意识到自己还有个儿子，虽然我根本没法面对他，根本没法和他沟通，但我突然就不想死了，觉得怎么着也得看着海生结了婚，生了孩子，有了自己的生活再死。就算是他不认我这个爹，我也有了盼头。再后来，遇见了你，我更不想死了，就觉得为了你，自个儿也得活下去，因为当年是我和哥哥们、老武一起把你偷了出来，是我抱着你，把你送到医院门口，让人捡走，如今我得想办法偿还当年的罪行。于是我终于每天都有了盼头：盼你上班，可以看见你，给你买豆浆油条包子豆腐脑；盼你下班，帮你买菜，给你送包子饺子……你跟我发脾气，你跟我嚷嚷，我都觉得心里满满的，看着你，就觉得你是我自己的孩子，丢失了二十多年，现在终于回来了……

“后来你俩都进去了，我就算啊，盼啊，算哪一天是你的探监日，要给你准备什么东西带过去；哪一天是海生的探监日，要给他准备什么带过去，然后盼着那一天早点到来。就算是你俩都进去了，我也是有盼头的。我甚至想过，等将来你俩都出来了，生个孩子。我都想好了，就算是你们生不了了，也可以去福利院抱养一个，这样等我老了，也能像小区里那些看孩子的老头老太太一样，给你们看孩子……

“所以人活着啊，就是为了爱，为了付出爱，为了获得爱……”

老杜说完，长长地叹了一口气。

我看着老杜，突然觉得鼻子酸酸的，眼泪在眼眶里打起转来，我好想拥抱他，亲吻他，不是恋人之间的拥抱和亲吻，而是晚辈对长辈的热爱。我希望能够给他一个温暖的怀抱，能够让他感受到亲人的爱。我能够想象，在遇到海生和我之前，他是多么的孤寂，多么的生无可恋。

第二十六节

欲擒故纵的理由

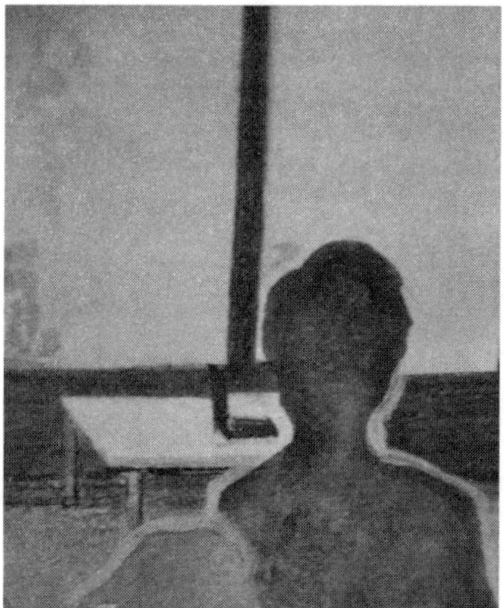

“所以见到周云起，看到他空洞的眼神，看到没有任何特色的他，我突然就想到了当年的自己。然而我至少还有自己的孩子，还有四个哥哥，尽管多少年来，我一直不愿和哥哥们联系，我也一直不知道海生在哪里，但我至少还有些能够打发人生，能够支持我活下去的念想。然而周云起却什么都没有了，老婆生孩子，没人照顾，难产，母子双亡。这对一个男人的打击，无异于整个世界的崩塌。而他的父母早年就去世了，他也没有兄弟姐妹，所以我一直在想，他是个非常可怕的人。也就是说，他应该已经完全失去了生活的念想，他一定和当年的我一样，随时随地都希望发生事故，从而顺理成章地离开这个世界；甚至，他还可能成为为了报复世界而活着的最可怕的罪犯。然而，听眼镜说孙茂是同性恋，我完全无法把同性恋和周云起联系在一起，他的毫无特色，表明他不可能是同性恋，我和他较量了一番，他身上也的确有男人的味道，纯爷们的味道，不可能是同性恋。也就是说，和孙茂在一起的，一定另有其人。而且周云起的确也是一心寻死的，连和我较量都自愿溺水，没有经过特殊训练的人，是绝不可能在水下放弃自救的。到那个时候，一百个人里有一百个会失去理智，拼命挣扎。所以，周云起为什么会和孙茂纠葛在一起？按照他的秉性，完全应该鄙视孙茂这样的人，就算是孙茂是被强迫的，也绝对会被周云起唾弃；按照他的心态，就算是眼睁睁地看见孙茂跳楼，也不会救助。他所接受的训练，他所持有的观念，大概应该是弱者就应该死去。”

说到这里，老杜的目光突然敏锐起来，他看向我，问道：“安子，你说，为什么周云起会和孙茂在一起？”

我皱起眉头，琢磨了片刻，想起老杜之前说的话，难道？

“难道你的意思是，周云起和孙茂在一起也是为了爱？可徐峰不是调查过了吗？他们并没有任何的关系啊，孙茂的确有个妹妹，但是远在贵州大山里，今年才十岁，绝不可能和周云起有什么交集啊！再说了，也许孙茂并不是自杀，他不是写了两个字给我们吗？他写的是‘我没’，也许后面就是‘自杀’两个字。也许周云起的确想报复社会，拿自己最为鄙视的同性恋开刀，临死前找个垫背的。”我对于自己的推理，颇有些洋洋自得，说不定周云起就是畏罪自杀呢！

“好，假设你的推理正确，那么你又怎么解释周云起的逃跑呢？他可以和孙茂一样，从医院的大楼上跳下来，而没有必要那么费劲地逃走，然后再在某个不为人知的地方自行了断。”老杜将了我一军。

“也许，也许周云起又不想死了吧？”我犹豫了片刻，给了老杜这样一个模糊的答案。

“是吗？安子，你觉得像他这样经过特种训练，经历过生活崩塌的男人，会轻易改变主意吗？”老杜不再划桨，他把两只手握在一起，很认真地看着我。

天啊，我有点晕了，老杜，你到底想说什么？我冲他苦笑，吸了吸鼻子，佯装哭泣。

老杜看我如此，微笑着说：“安子，我说让你来南湖吹吹风，清醒清醒，就是为了让你看清这些线索和这些人之间的关系，只有分析清楚这些线索和这些人之间的关系，你才不会萎靡不振，才不会生我的气，也不会再拒绝和我一起继续调查了。”

“那你说，周云起为什么会和孙茂在一起？周云起又为什么会逃跑？”我皱着眉头，盯着老杜。

“我认为，孙茂一定救过周云起的命，而孙茂死后，周云起一度失去了活着的念想，在和我的较量中妄图自杀，但是后来，他一定得到了什么消息，从而改变了主意，因此逃出医院，去完成生的使命。”

“生的使命？”老杜这话有点意思，这周云起难道还有什么责任或者任务不成？

“没错，一定是这样的，否则他没有理由逃走。”

“我是不是可以就此联想，在你走后，周云起见到了什么人，那个人告诉了他一个消息，正是这个消息，让周云起改变了主意……”

老杜点点头：“对头，这个思路顺理成章，所以我要欲擒故纵。”

难道这就是老杜欲擒故纵的理由？

我还是不明白。

老杜看了看手表，抓起船桨，“我们该往回划了。”

“老杜，你告诉我，为什么要结案，这样做的目的到底是什么？我看不明白你的欲擒故纵！”我急切地抓住了老杜正要摇动船桨的一只手臂。

老杜笑了，抬起另一只手，拍了拍我的手背："安子，冷月也没有逃走的理由，她必定知道灯下黑的道理，也知道她这一走，必定欲盖弥彰。所以，不管他们到底是不是共犯，他们都会有各自逃跑的目的。"

"你的意思是——那30万？"

"答对了！冷月如果想要钱，绝对不会以这样的方式获得；如果周云起与程鸣的案件有关联，他想要钱，也不会把事情搞成这样。他们都是聪明人，不必这样获得这笔钱；同样，他们都是有耐性的人，可以慢慢等，慢慢耗，等到警方失去了耐性，彻底放弃此案为止。所以，他们出此下策，一定有原因。比如，有什么人急需用钱。如果不结案，他们就迟迟不敢花钱，所以我让徐峰以提高结案率为由草率结案，助他们一臂之力。"

"你的意思是，你想让他们尽快浮出水面？"

"没错。"

"可如果他们洗钱呢？"我在高墙内待了整整四年，有关洗钱的方法听得耳朵都快磨出茧子了。最简单最快捷的方法，是把这三十万送到赌场去，全部换成筹码，只要输上几局，送给赌场一点"手续费"，再把筹码统统换成纸币，就全部洗白了；最复杂也最愚蠢的方法，就是把这30万纸币送到全国各地的火车站去，用100元纸币在自动售票机上买票，全国各地的火车票，最便宜的有1块钱一张的，当然不能都买最便宜的，但是最多也就贡献给铁路公司两三万块钱，就可以将这30万全部洗白。这些洗钱的方法，只要会上网就都能了解到，相信冷月和周云起都不会傻到直接拿着程鸣从银行取出来的纸币去进行大额支付。他们不可能想不到，只要这些纸币集中进入正常的流通领域，就有可能暴露他们的行踪。

“安子，他们是会洗钱，但是最终的受益人呢？也就是说，他们究竟要把钱花在哪里呢？”

我皱起眉头，收回了抓住老杜的手臂的那只手，抓住了船舷，这个问题，我无法回答。

老杜摇动双桨，开始往回划，边划边说：“安子，人为什么活着？”

我明白了，老杜的意思是，依照冷月和周云起的秉性和状态，这笔钱绝不可能花在自己身上，他们一定要把钱送给什么人；这个人，一定是他们关心爱护的人，或者与他们关心爱护的人有关。

我若有所悟地点点头，“哦，我有点明白了，那么老杜，你的意思是，结案后，就算是洗钱，他们也会尽快把钱用在需要用钱的人身上。”

“对头，那么下面我们该做的，就是查询与他们有关的每一个人，看看谁急需用钱，并且收到了意外的支援。”

“可是即便不欲擒故纵，如果他们急需用钱，还是一样会逃掉，洗钱，然后用在急需用钱的人身上。”对于老杜这一招，我还是心怀疑问。

“安子，如果你偷了我 10 块钱，我天天在你耳边追问，是不是你偷了我 10 块钱，你敢把这 10 块钱花出去吗？”

我摇摇头。

“就是有再急的事情，你是不是也要略微等一等，等我不再追问了，再去花掉这 10 块钱呢？”

我点点头。

“对喽，这样的应激心理谁也逃不过，而且周云起当过兵，必然知道政府的制度和所谓的官僚都属正常。我们只要结案，他们十之八九就会尽快将这笔钱用在急需用钱的人身上。可如果我们不结案，他们猫着、抻着，那么急需用钱的人可能就会想办法从其他渠道拿到钱，如果拿到了，冷月或者周云起，就没有必要着急花掉这笔钱了，那么他们浮出水面的时间就遥遥无期了。”

“哦。”我终于明白了。

“老杜，什么人会特别着急地用钱呢？”

老杜笑了：“病人”！

第二十七节

三访美华公寓

接下来，由于已经结案，我和老杜的工作从明察变成了暗访，虽然从某种角度讲，暗访更加艰难，然而较之明察，线索也许更真实些。

而徐峰也终于查到一字眉冷月下车的地点，让我们颇为惊喜。显然，冷月那天凌晨，坐在 1075 夜班车的最后一排，也就是监控的盲区换了衣服和鞋子，不过警察还是从为数不多的上车和下车的乘客中，分辨出没有上车却在西箱旗下车的一位戴着鸭舌帽、穿着运动服的乘客，那必然就是冷月。然后警察又调取了西箱旗附近各条马路上摄像头的拍摄记录，终于找到了冷月的行踪。冷月显然做了周密的计划，她从西箱旗下车后，走了一站路，上了 1032 夜班车，坐了十四站之后，换了凌晨 4 点 50 的第一班 776，最终在北河渠急救中心附近下了车。原来她凌晨 3 点拖着行李箱，穿着一字拖出门，坐车绕了一个大大的方框，竟然是为了去见周云起！

然而，走进北河渠急救中心后，冷月就彻底消失了。北河渠急救中心院内的监控系统有关那天早晨的监控记录中，根本没有出现戴着鸭舌帽、穿着运动服的冷月，警察将急救中心当天凌晨到第二天早晨的监控记录看了好几遍，也找不到冷月的影子。也许她顺手牵羊戴了护士帽，穿了护士服，或者套上白大褂，小心翼翼地躲避摄像头，然后找到周云起后，二人一起跑掉了？

但不管怎样，徐峰的调查结果让我们颇为惊喜，因为这一结果将冷月和周云起结结实实地连在了一起。也就是说，周云起必然涉案，推进一步，也许孙茂也涉案。

老杜和我暗访的第一个目标，就是美华公寓。尽管上一次我们未能从 410 的黑女人和 424 的翠翠那里打听到什么有价值的信息，但是老杜坚信，既然冷月、周云起和孙茂都住在美华公寓，那么一定有人知道他们之间的关系。

然而这一次，老杜却没有带我直接赶赴美华公寓。他先带着我到蒋宅口附近的商场去逛了一圈，给他自己和我买了新衣服、新裤子、新鞋子。有意思的是，他还给自己买了一根拐棍和一顶假发，是我偶尔在街头看到的朋克女孩顶着的那种“奶奶灰”颜色的假发，然后，他又带我走进了美发店。

我本以为老杜体恤我在高墙内四年，没购置过新衣，没进过理发店，所以大张旗鼓地为我购置新衣，然而坐在美发椅上听见老杜对理发师的叮嘱后，我才终于明白，老杜压根儿就不是体恤我，而是在利用我！

老杜竟然别出心裁地让理发师给我剪发染发，把我漆黑的头发剪短，而且要剪成那种能盖住半张脸的刘海波波头，并且染得黄不黄红不红。

看着我好不容易在高墙内留了四年的长发被理发师一剪子“剪去三千烦恼丝”，我的内心充满了委屈。我扭头看向老杜，冲他抽了两下鼻子，他眯着眼睛冲我笑，说：“没事，安子，回头我也给你买顶假发。”假发！我才不要你买的“奶奶灰”！

当然，老杜有他的理由，他说这一次，我们得打扮打扮，换个模样出现在美华公寓里，否则，美华公寓的住户们估计又会像上次一样，全体对我们禁言了。

下午 4 点半的时候，我和老杜走过那片废墟，来到美华公寓门前。

这是我和老杜第三次走进美华公寓，老杜穿着他新买的灰外套、灰裤子，顶着“奶奶灰”假发，带着大大的白口罩，拄着拐棍，弓腰驼背，一瘸一拐，步履蹒跚，时不时还咳嗽几声，活脱脱一个病重的老人。而我一身红色运动服，脚蹬橘色旅游鞋，黄不黄红不红的刘海波波头盖了眼睛和左边的半张脸，并且按照老杜的吩咐，我一蹦三跳，整个一个刚入社会的不良女青年。好吧，老杜，为了找出真凶，我就容忍你这样糟蹋我安晓旭的美好形象吧。

路过传达室的时候，胖阿姨根本就没有注意我们。这一次，她的面前是一大盆黑亮的玫瑰香葡萄，足有三四斤。她的目光则依旧盯着侧前方的电视，我真心佩服胖阿姨的食量，怪不得她的体型那么“庞大”。

我和老杜站在 411 门前时，楼道里空无一人，我不明白老杜为什么要这个时候来。从蒋宅口上公交车的时候我就建议过，晚一些，等晚上楼里的租户都回家了再去，可老杜说：“我们现在上车，到那儿正是时候。”

老杜不顾我不满的眼神，抬起手腕看了看表，我也顺势看过去，4 点 40 分，然后老杜抬起手，敲了敲 411 的房门。

老杜葫芦里卖的是什么药？411 应该没人啊，这才几天，不可能这么快租出去吧？再说了，就算是租出去了，新来的租户又能知道什么？

我就那样眼睁睁地看着老杜敲门，“当当当”三下，又“当当当”三下，再又“当当当”三下……就在老杜敲了快二十下“当当当”，我的耐心就要消耗殆尽的时候，一个五六岁的小男孩拎着滑板车，在楼梯上出现了，而紧随其后的，正是住在 410 的黑女人。黑女人背着孩子的书包，胳膊肘里挎一个大大的布袋，袋子没有封口，里面装着被子，而她的怀里，还抱着那个穿开裆裤的男娃娃。

黑女人一看见我们就皱起了眉头，隔老远就喊过来：“喂，你们找谁？”

我正想开口说话，老杜用拐杖在地上戳了两下，咳嗽一声，抢先开了口：“我们找冷大仙看病。”就这一句话，我的眼珠子都快掉了出来，老杜的声音怎么会如此沙哑，如此苍老？还是南方人的蹩脚普通话，完全像换了一个人。好吧，我承认，老杜的伪装技术一流。

“谁让你们来的？”

“板面店的老板娘，她说 411 的冷大仙会看病，还不要钱，咳咳……我咳嗽好几年了，医院让化疗，掏不起那个钱，想找大仙给开点药。”老杜边说边咳嗽，我真服了他，装得也太像了。

“哦……”黑女人的口气柔和了些，上下打量我和老杜，老杜将脸向我这边微微侧了侧，有气无力地说：“这是我的小女儿。”我没说话，搀着老杜，低下了头。

“板面店的老板娘是好心，可冷大仙已经走了，唉。”黑女人叹了口气，打开了410的房门。

“冷大仙去哪儿了？什么时候回来？”老杜接着问。

“去很远的地方了，也许不会回来了，你到别处找人看病吧。”黑女人说完，抱着孩子进了屋。

“嗨，什么冷大仙，都是蒙人的，孩子，咱们走。”说着，老杜用拐杖戳了两下地面，就要离开。

“嘿，你这老头，人都没看见，凭什么说人家蒙人？”黑女人把孩子放进屋里，又走了出来，叉了腰，一副不依不饶的样子：“这栋楼里哪个娃娃没找大仙给推过天河水？哪个怀了孕又不愿生的姑娘不找大仙？哪个老头、老太太腰疼腿疼不来敲大仙的门？要是大仙像医院一样黑心，使劲收钱，估计现在连房子都买上了！”

“都是糊弄人的吧，要不大仙怎么也生病？”老杜像被黑女人的气势给吓怕了，兀自喃喃地说。

黑女人自然听见了这句话，瞬间燃爆：“谁说大仙生过病？我跟她做了一年邻居，咋没见她生过病？”

老杜的声音更低了，不过依旧很清晰：“没生病为什么天天去板面店吃饭？”

黑女人愣了一下，皱了眉头，随即脱口而出：“那不是生病，那是流产！”说完，黑女人突然意识到说了不该说的话，赶紧捂了自己的嘴，又伸手把门口正滑滑板车的大儿子扯进了屋里，然后气愤地说了一句：“反正大仙走了，不回来了。”说完就咣当一声关上了房门。

直到我们走出美华公寓，老杜没有再说一句话，我也做贼般小心翼翼，一句话不说，跟在老杜身后。

走上那片废墟的时候，我终于憋不住了，长长地出了一口气，再转头看老杜，忍不住嗤嗤地笑了起来。老杜并没有直起腰，也没有改变蹒跚的步态，他只是严肃地咳嗽了两声，于是我只好继续佯装一蹦三跳地走过那片废墟。

直到我和老杜上了公交车，坐在最后一排，老杜才终于低声对我说："去潞水湾。"

第二十八节

再访潞水湾

我和老杜倒了两趟车才抵达潞水湾。最后一次倒车时，老杜又带我到公交站附近的华联商厦逛了一圈。走出商厦的时候，老杜的“奶奶灰”和灰西装、灰裤子，以及可以伸缩的拐杖，都装进了印着“华联”两个字的大纸袋里，而我的头上却多了乌黑的长发，衣服自然也换成了适合我这个年龄的套头衫和牛仔裤。不错，不错，今天我混了两套衣服，还是颇有收获的，更重要的是，我一直在琢磨黑女人所说的那句话——“那不是生病，那是流产！”——这句话像炸雷一样让我吃惊，也应该是我和老杜此行最大的收获吧。

走进潞水湾的时候，天已经黑透了，那弯弯曲曲的水道，连绵环绕的小桥，若隐若现的凉亭，在月色中显得静谧而幽远。想到要在这样的暗夜里，踏进充满谜团和悬念的程鸣工作室，我的内心还是难免畏惧，于是轻声问老杜：“我们要去程鸣工作室吗？”

老杜轻轻地摇摇头。

“哦？那我们去哪儿？”

“去找程鸣工作室的邻居。”

程鸣工作室位于潞水湾小区 C 座 14 层，这栋楼一梯两户，在程鸣工作室的对面是一套四室两厅的大户型，案发当天，以及后来我和老杜来调查的时候，我都没看见对面的那套房子开过门。老杜说，啤酒肚徐峰已经调查过了，那套房子的业主是一对老两口。物业说，一年前这对老两口还和儿子儿媳以及孙子五口人住在这套房子里。去年差不多就是这个时候，老两口的儿子和儿媳移民枫叶国，连小孙子也带走了，于是这套房子里就只剩下了老两口。前段时间，也就是案发期间，老两口正好出国探亲，不在家，昨天刚刚回来。

老杜敲响程鸣工作室对面邻居的房门时，门内的声音颤巍巍的，带着几分不安："谁啊？"

"您好，打扰您了，我们是警察，想向您了解一些情况。"

"哦？"随着一个苍老的声音，门上的副窗打开来，一位七十岁上下、光头胖脸红鼻头的男子，从栅栏内看向我们。

老杜冲红鼻头老人笑了笑，掏出证件，举到了副窗前。

红鼻头老人微微地点点头，然后打开了屋门。

"进来坐吧！"

"不了，我们就站在这儿跟您聊几句，不多打扰。"

"哦，也好，我爱人正炸辣椒油，满屋子都是烟，呛得慌。"说完，红鼻头老人回头冲屋内大声喊，"红梅，拿三个小凳来。"辣椒油呛人的味道顺着敞开的门冲了出来。

"不用不用，我们站着就好。"老杜一脸谦和。

老人转身走进屋内，拎了三个塑料方凳出来："坐吧，我也站不住，老喽。”说着，红鼻头老人分给我和老杜一人一个方凳，然后自己坐了一个。

就这样，我、老杜和红鼻头老人，两个门外，一个门内，聊了起来。

老杜先是寒暄了几句，对程鸣工作室的案件给两位老人带来的搅扰表示歉意，然后开始提问。

“请问您知道对面这家是做什么的吗？”

“不太清楚，倒是见过一些年轻人进进出出，不过也没听到过什么大的动静。”

“您知道里面坐了多少员工吗？”老杜问道。

“不太清楚，大概有五六个？说不好。”

“您见过老板吗？”老杜又问。

“哪个是老板？”红鼻头老人一脸疑惑。

“就是年纪最大的那个男人。”我有点心急，接了话茬儿。

“有两个男的看起来年纪都比较大，得有三四十岁，搞不清哪个是老板。”红鼻头老人回答。

“哦，是不是有一个中等个儿，微胖，别人都叫他程老师；还有一个是少白头，瘦瘦的，个子不高，别人管他叫小焦。”我问道。

“哦，程老师我知道，不过另一个不是少白头，他头发还挺黑的，也是中等个，感觉挺结实，长一张大众脸。”

这句话就像一声闷雷，在我的脑海里炸开，力量不亚于三小时前美华公寓410的黑女人说的那句话。我突然想起近在咫尺的程鸣工作室里那几张落满灰尘的空桌子，尤其是那张上面放了子弹头水杯的空桌子，红鼻头老人所说的和程鸣年纪相仿的中年男子，是不是就是子弹头水杯的主人？

老杜依旧不动声色、风平浪静地继续下一步：“哦，我这里有几张照片，麻烦您帮忙指认下。”说着，老杜掏出手机，点开一张又一张照片给红鼻头老人看。

“嗯，没错，这就是程老师。我听物业说，他——死了？”老人语调猛然挑高，显然这个消息对他来说难以接受。

“嗯。”老杜闷声回应，随即接着问：“这张您认识吗？”

那是周云起的照片，我还真不知道，老杜什么时候拍了他的照片，而且拍的是正面，脸部清晰。

“应该是他吧，感觉像。”红鼻头老人盯着照片，皱起了眉头。

“您是说他就是您刚才说的程鸣之外那个年纪大的男人？”我急切地问。

“应该是他吧？我也拿不准，他长得太大众，我记不清楚了。”红鼻头老人还是有些犹豫，转头冲屋里大声喊，“红梅，你过来下。”

屋里没有回应，只听见抽油烟机的声响。

红鼻头老人歉意地冲我们笑了笑：“她耳朵越来越背了，我去喊她。”

片刻之后，红鼻头老人和一位六十岁上下的矮胖阿姨一前一后走到了门口，老人提高了声音，对矮胖阿姨说了几句，矮胖阿姨的目光就落在老杜的手机上。

“对，就是这个人，他来借过打气筒。这个人犯法了吗？他看上去挺和气的啊？”矮胖阿姨一脸疑惑，看着老杜。

“哦，在这里工作过的人都要调查一下。”老杜微笑着回答，也提高了嗓门。

矮胖阿姨盯着老杜的嘴，看他说完，才若有所悟地点点头。

老杜接着问：“您和老伴出国前，他一直在对门工作吗？”

红鼻头老人和矮胖阿姨交换了一下眼神，然后都摇了摇头，“也许在吧，不太清楚。”

后来，老杜又给红鼻头老人和矮胖阿姨看了程鸣办公室四女一男的照片，最值得一提的，还是矮胖阿姨对于冷月的描述。矮胖阿姨说这个胖姑娘人特别好，她有一次早上在小区里喂流浪狗，被狗咬了，慌慌张张地回来，打算赶紧用肥皂洗。在电梯里遇见胖姑娘，胖姑娘不仅帮她反复用肥皂水清洗，还陪她打车去了潞水医院打狂犬疫苗。当时红鼻头老人不在家，要不是胖姑娘，她一个人真应付不了。潞水医院只有狂犬疫苗，没有抗病毒血清，胖姑娘又陪她到朝阳医院去打了抗病毒血清。而且后来每到该打针的时候，胖姑娘都会提醒她。为了表示感谢，矮胖阿姨特意包了一顿饺子，足够七八个人吃，中午煮好了，喊胖姑娘端过去，和办公室里的同事们一起吃。

矮胖阿姨还提到，胖姑娘说自己在小区里被钉子扎过脚，当时在潞水医院的药房买了马破伤风免疫球蛋白，自己注射的，很便宜，才几块钱。胖阿姨最后对我和老杜感叹：“那是我第一次听说，还有马破伤风免疫球蛋白。有一次去潞水医院开药，问了药房，还真有这种药。”

唉，奇葩的冷大仙，估计美华公寓的租户们要是被钉子扎了，她开的方子就是到潞水医院买马破伤风免疫球蛋白吧。

最后，老杜给红鼻头老人和矮胖阿姨看了孙茂的照片。红鼻头老人摇了摇头，说没印象。没想到矮胖阿姨却撇了嘴说：“这个孩子啊，这孩子可古怪了，有时候住在这里，半夜出来穿着秋裤在楼道里溜达，吓人！”

“哦？”这一次，连老杜都感到惊讶不已，忍不住追问：“他为什么半夜出来溜达？您看见了？”

“可不是？我有时候失眠，实在睡不着就在沙发上坐着，坐到实在困了，眼睛睁不开了，就在沙发上睡了。有两次，我看见楼道的灯亮了，从猫眼透过来光，就从猫眼往外看，结果看见这孩子穿着秋裤在楼道里站着。你说你半夜不睡就不睡了，穿着秋裤在楼道里逛游，怪吓人的。”

“这个人一直在对门工作吗？”老杜又问。

“说不好。我看见他穿着秋裤，半夜在楼道里溜达，还是春节后没多久。后来好像就没怎么见过他了。”矮胖阿姨皱着眉头，认真地回忆着。

这个消息对我来说，已经不仅仅是一声闷雷了，它就像一颗刚刚在我的脑海里爆炸的烟幕弹，让我再也看不清所有的线索，所有的方向，所有的案情。

第二十九节

“推理家”老杜

这一晚，几乎是我走出高墙之后第一次失眠，还好，老杜在我身边。

当晚，我们在蒋宅口我和雷海生的家里，分析了第一张图，也就是老杜之前画的简笔画一样的现场图；然后画了我们的第二张图，也就是老杜之前所说的人物关系图。

根据目前所获得的线索，我们对第一张图进行了一些填补。

基本可以肯定，周云起和孙茂都曾经在程鸣工作室工作过。而赵玉芳前面的那张桌子，也就是和刘亚秀并排的那张桌子，应该就是周云起的桌子，子弹头水杯比较符合他的风格。

然而到底哪个是孙茂的桌子，我就拿不准了。

记得上次盘查过张梓光之后，我和老杜也是在这里，讨论程鸣办公室的八张桌子。那一次，老杜说：“八张桌子中，有三张桌子没人坐，这三张桌子上，都覆盖着灰尘。在一字眉小冷背后的那张桌子上，也就是与张梓光同排的那张桌子上，覆盖着薄薄的灰尘，这是我用白手套验证过的。而在这张桌子背后，放着子弹头保温杯的桌子上，覆盖着厚厚的灰尘，这也是我用白手套验证过的。在第三张空桌子的桌面上，也就是与赵玉芳同排的桌子的桌面上，也覆盖着厚厚的灰尘，这也是我用白手套验证过的。”

也就是说，程鸣工作室的大厅里，有三张空着的桌子，都覆盖着灰尘，但是唯独第一张空桌子，也就是冷月背后的桌子上，灰尘比较薄。

那么，孙茂曾坐的究竟是冷月背后的桌子，还是和赵玉芳并排的那张桌子呢？

针对这个问题，老杜给我的答案是：孙茂坐在冷月的背后，因为那张桌子上的灰尘比较薄，显然有人擦拭过。

“那么，为什么有人要擦掉那张桌子上的灰尘，却又让它再次落满灰尘呢？”我问老杜。

老杜眯着眼睛看着我，“你说呢？”

“哦……我没有什么好的解释，如果非要解释，也许这张桌子的主人已经很久没来上班了，灰尘太厚，有人实在看不下去，就擦了擦，然后就又置之不理了。”我憋了半天，终于憋出了一个理由。

“没错，不过安子，你有没有想过，这张桌子如果之前有人坐过，为什么抽屉里那么干净，桌子上没有水杯？实在看不下去的人，为什么没有实在看不下去另外两张桌子？”

“我不知道。”

“也许是这样的”，老杜边说，边用手指点着他那张简笔画现场图，“你看，冷月的抽屉里，有《沉思录》和宜家的黑色水杯，这显然还比较符合年轻男孩的风格，我们假设这些东西是孙茂的。接下来的问题就是，冷月为什么要把这些东西收在自己的抽屉里？”

“为什么？”

“因为孙茂不会回来了，或者不打算回来了。然后要擦掉他桌子上的灰尘，后来却不再擦，并且没有擦另外两张桌子上的灰尘。也就意味着，如果不擦掉，这张桌子上落的灰，一定会比别

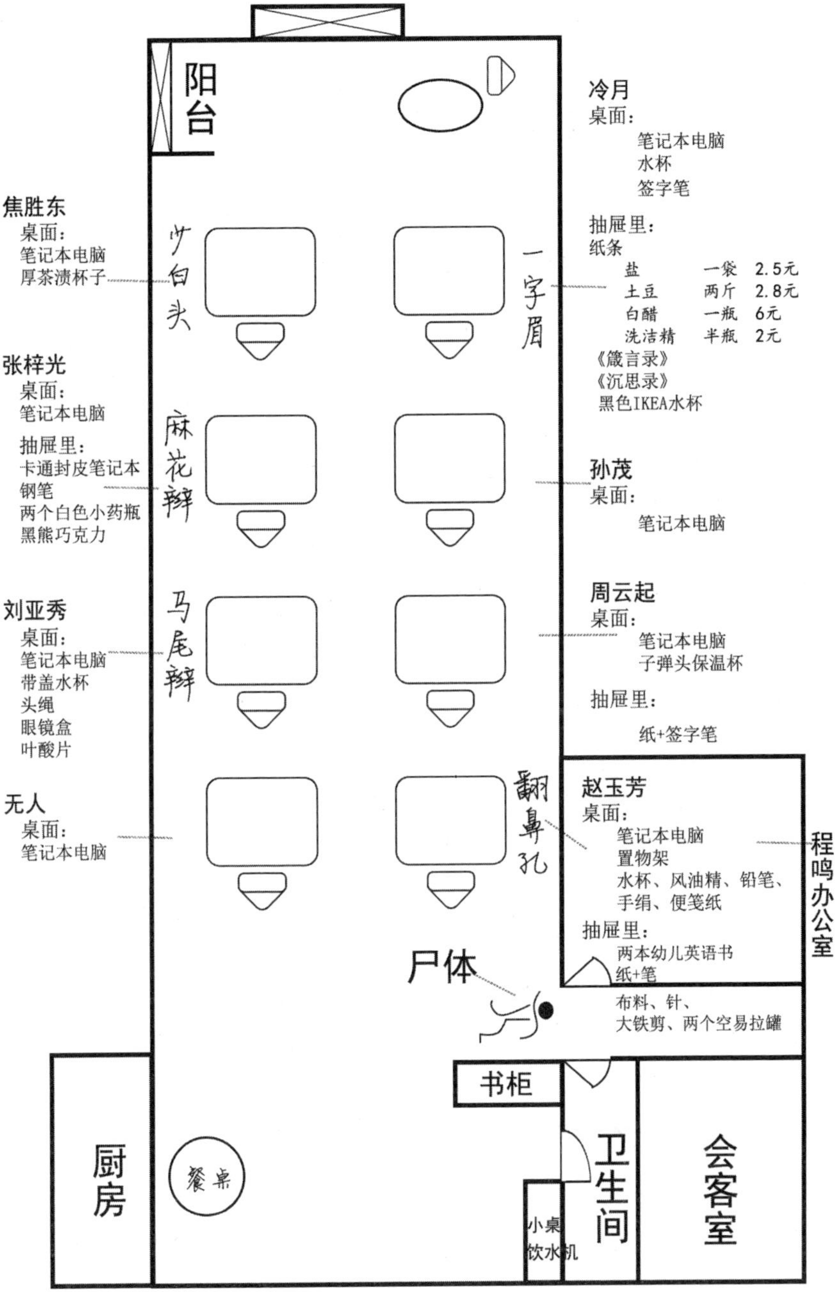
阳台
冷月
桌面：
笔记本电脑
水杯
签字笔
抽屉里：
纸条
盐 一袋 2.5元
土豆 两斤 2.8元
白醋 一瓶 6元
洗洁精 半瓶 2元
《箴言录》
《沉思录》
黑色IKEA水杯
焦胜东
桌面：
笔记本电脑
厚茶渍杯子
少白头
一字眉
张梓光
桌面：
笔记本电脑
抽屉里：
卡通封皮笔记本
钢笔
两个白色小药瓶
黑熊巧克力
麻花辫
孙茂
桌面：
笔记本电脑
刘亚秀
桌面：
笔记本电脑
带盖水杯
头绳
眼镜盒
叶酸片
马尾辫
周云起
桌面：
笔记本电脑
子弹头保温杯
抽屉里：
纸+签字笔
无人
桌面：
笔记本电脑
翻鼻孔
赵玉芳
桌面：
笔记本电脑
置物架
水杯、风油精、铅笔、
手绢、便笺纸
抽屉里：
两本幼儿英语书
纸+笔
布料、针、
大铁剪、两个空易拉罐
程鸣办公室
尸体
书柜
厨房
餐桌
小桌
饮水机
卫生间
会客室

的桌子厚。也就是说，有人想要掩盖孙茂曾经在这里工作的事实，或者说，程鸣工作室的所有人，都在隐瞒周云起和孙茂在这里工作过的事实！”

老杜一句话，彻底拨开了我心头的迷雾，没错，没错！这四女一男，除了冷月，我们都盘查过了，没有一个人提到过周云起和孙茂的存在。如果不是孙茂自杀案件浮出水面，我和老杜可能永远不知道这两个人的存在！

“那么他们为什么要隐瞒这两个人的存在呢？”我感到紧张和激动，甚至有种压迫感。这一次，我和老杜一定没有走错方向，我们正在一步步逼近真相。

“因为这两个人的消失，并不在他们的预料之内，或者说没有完全在他们的预料之内。”老杜看着我，眼神犀利。我喜欢此刻的老杜，感觉很帅。

“你的意思是，他们在集体包庇罪犯，或者集体犯罪？”就在这一瞬间，我又想起了在高墙内布置图书角时，看过的那本小说：《东方快车谋杀案》。

“说不好，就算是当下，也有很多可能，我们不妨来画个人物关系图。”老杜说着，从随身携带的帆布包里掏出了纸和笔。

“安子，我们现在来分析一下这几个人的情况和彼此的关系。

“冷月、周云起和孙茂都曾经住在美华公寓，冷月现在逃走了，孙茂自杀了，周云起妄图自杀，后来又逃走了。

“剩下的，是张梓兴、焦胜东、刘亚秀和赵玉芳。

“张梓兴的抽屉里有抗抑郁药和黑熊巧克力。

“张梓兴的心理医生说她很久没来开药，或者说她已经不吃药了，那么她抽屉里为什么有抗抑郁药？如果是备用的，应该放了一些时间了，生产日期不会太新，但是我们看过，她抽屉里那瓶抗抑郁药的生产日期是五个月前的。

“再说黑熊巧克力，徐峰说，在程鸣儿子的口袋里，也发现了黑熊巧克力。如果真的像赵玉芳所说，程鸣喜欢买巧克力给儿子吃，为什么他的办公室里没有黑熊巧克力，却偏偏只有张梓兴的抽屉里有黑熊巧克力？然而又为什么，徐峰说，程鸣儿子口袋里的巧克力的包装纸上，除了程鸣儿子的指纹，谁的指纹都没有呢？

“焦胜东如你所说，是个闷葫芦，但他至少一直在隐瞒周云起和孙茂的存在，这是为什么？

“而刘亚秀，她的爱人曾经和程鸣现在的太太杜鹃一起做过课题，也就是说，刘亚秀对于程鸣的了解和认识，应该绝对不仅仅限于她到工作室之后。另外还有你怀疑的叶酸片。如果我们把抽屉里的叶酸片和美华公寓 410 黑女人的话联系起来，是否可以解释为，刘亚秀的叶酸片是小冷没有吃完的呢？如果真的是这样，小冷的男朋友究竟是谁呢？既然吃了叶酸片，肯定是打算要孩子的，那为什么又流产了呢？

“最后就是赵玉芳，赵玉芳对于烟幕弹的质疑反应强烈，显然应该戳到了她的痛点。如果她真的制造了烟幕弹，那么她就是共犯，可她为什么要制造烟幕弹呢？她预测到了劫匪有可能转移交换地点吗？还是没有预测到，之前只是为了做手工而制作的，然后正好用到了呢？”

老杜的这些话，让我刚刚明朗的心，又一次陷入迷宫，这么复杂的线索，到底哪个能够直抵真相？

老杜看我一脸迷茫，笑着说，“别急，让我们一条路一条路地走，走不通就回来。

“首先，最简单的一种假设，是周云起和孙茂同性恋，合谋绑架程鸣的儿子。如果是这样，他们拿到了钱就该远走高飞，为什么要自杀呢？孙茂又为什么要说‘我没’呢？如果孙茂要说的是‘我没自杀’，那么我们先假设孙茂死于分赃不均引起的相互残杀，那么周云起在孙茂死后就没有理由企图自杀。如果我们再顺着这条路往下走。假设孙茂要说的是‘我没犯罪’，是孙茂发现了周云起的秘密，周云起为灭口杀了孙茂，那么周云起还是没有理由在其死后企图自杀。再假设孙茂的确是畏罪自杀，周云起还是没有必要自杀，他应该拿了钱逍遥去，除非他和孙茂真的有生死相依的情感。然而目前看，这两个人产生感情的可能性不大，至少产生同性恋情的可能性不大。那么为什么孙茂死后，周云起企图自杀，然后在冷月找到他之后又逃走了呢？这条路暂时走不通，让我们回到起点。

“第二种假设，周云起和冷月是情侣，合谋绑架程鸣的儿子。这个假设看起来合理多了，那么周云起为什么在得手后没有和冷月携款潜逃，却守着孙茂不肯离开呢？根据徐峰的调查，孙茂和周云起没有任何亲缘关系，那么周云起为什么要在孙茂死后自杀呢？让我们抛开疑虑，先顺着这条路往下走。如果周云起和冷月是情侣，冷月怀的是周云起的孩子，那么为什么冷月开始吃叶酸片，后来又流产了呢？好，让我们假设冷月是自然流产，并非主动选择流产，那么周云起接下来应该好好照顾冷月，而不是自杀啊？可如果两个人不是情侣关系，为什么又要一起逃走呢？这条路走到这里，又暂时走不通了，让我们再回到起点。”

第三十节

第三种可能

“第三种可能，这是一起突发事件，也就是某人突然决定绑架程鸣的儿子，然后所有人从电话里得知了消息，然后应急准备，配合某人行动，并最终获得成功。然后集体包庇罪犯。”

“嗯，我觉得，这第三种可能性最大！”我点点头，佩服地看着老杜，然而这种可能，却又是让我感到最为恐怖的一种可能，怎么可能所有的人都参与了这场犯罪？如果这第三种可能成立，这将是怎样一场巨大的罪恶？

“那好，我们就沿着这条路往下走走看。

“如果所有人都是从电话里得知的消息，那么绑架者很可能就是曾经在程鸣工作室里工作过的人。目前锁定的，就是孙茂或者周云起，或者孙茂和周云起共同作案。刚才已经分析过，这两个人共同作案的可能性不大。那么究竟程鸣的儿子被绑架的当天，孙茂和周云起是不是已经离开了程鸣工作室呢？我们最后一次去美华公寓的时候，板面店的老板娘说，孙茂应该上过几个月班，那几个月，他早晨都去板面店吃早点。按照这个情况推理，孙茂在案发前应该已经不在程鸣工作室上班了。这个问题，我们可以随后交给徐峰去调查。”说着，老杜在第二张人物关系图上，把孙茂和周云起的名字圈了起来，然后批注了“绑架当日是否在工作室”几个字。

“让我们假设当天孙茂不在程鸣工作室，周云起也不在，那么到底是孙茂绑架了程鸣的儿子，还是周云起绑架的呢？

“如果是周云起，以他的素质，完全不应该这样筹划这起案件。我和他交过手，他是可以在瞬间制服对方的特种兵，虽然已经退役，但各方面素质还是非常过硬的，比我强了不是一点半点，他要想谋财，完全不必以这样的方式出手。而且他要钱干什么？他连家都没有了，还要钱干什么？”

“是啊，我就想不明白，周云起为什么要到程鸣工作室去工作？难道他喜欢画画，爱好设计？想要重新开始自己的人生？”我实在忍不住，抬头看着老杜，一脸迷惑。

“这份工作对于周云起来说，的确不合理，不过安子，你要记住，所有不合理的现象，背后一定有合理的解释，只是我们不知道而已。徐峰查过，周云起在部队的时候的确也办过板报，但是并没有体现出非常突出的美术特长。而且周云起和冷月、孙茂、程鸣，以及程鸣工作室的其他人，之前都没有任何关系。所以安子，你找到了一个关键点，那就是，周云起为什么要去程鸣工作室工作。也许这个关键点，和这起案件有着密切的关系。”

“可你不是说，这很可能是一起突发事件吗？”我简直被老杜绕晕了。

“是的，但是万事皆有因，就算是临时起意的绑架，也有犯罪的动机和根源。”

“哦”，我若有所悟地点点头，“你的意思是，周云起肯定和案件有关，但应该不是主犯，对吗？”

“目前看应该是这样的。”

“那如果主犯是孙茂呢，孙茂是为了谋财？还是为了报复？”

老杜眨了眨眼睛，轻轻地摇了摇头：“我们最后一次去美华公寓的时候，板面店的老板娘说，孙茂是她见到的第一个连毛豆皮都摆放得像列队的士兵一样整齐的客人，孙茂吃早饭的时候，耳机里放的歌曲是‘月亮在白莲花般的云朵里穿行……’，也就是老歌《听妈妈讲那过去的事情》。徐峰还调查了孙茂的遗物，手机里除了有这首歌，还有很多老歌，比如《希望的田野上》《让我们荡起双桨》，等等。连毛豆皮都摆放整齐，听几十年前的儿歌和老歌的年轻人，应该有强迫症，做事应该刻板而有秩序，并且有一颗单纯避世的心。这样推测，孙茂如果想要绑架程鸣的儿子，应该先计划好，而且不应该临时更换交换人质的地点。”

“这么说孙茂就不可能是绑架程鸣儿子的主犯了？”我内心有些焦灼，分析来分析去，似乎谁都不是主犯。

“也不见得，也许孙茂是临时起意，或者误打误撞绑架了程鸣的儿子。”

“你的意思是？”我大为不解。

“安子，你相信人之初性本善，还是人之初性本恶？”老杜突然提出这么一个问题。

“当然是人之初性本善了。”

“我做缉毒警的时候曾经经手过一个案子，一个毒贩的妹妹，为了帮助哥哥戒毒，以身试法，亲身体验毒品，想要说服哥哥，只要努力，一定可以成功戒毒。结果却是，兄妹俩都成了嗜毒如命毒贩。”老杜看着我，眼神冷清，“所以有时候，一时的冲动，哪怕是良好的初衷，也有可能让善良的人最终变成邪恶的人。”

“你的意思是孙茂临时起意，或者误打误撞绑架了程鸣的儿子？”我重复了老杜的话。

“有可能。但是孙茂绑架程鸣儿子的动机是什么？如果没有动机，那么所有的推理都是空中楼阁。”

“徐峰那边有孙茂老家的消息吗？”

“还没有，徐峰说孙茂的母亲和妹妹进山采药去了，去了快半个月了，还没回来。”

“孙茂的母亲和妹妹进山采药？孙茂的父亲呢？”我很难想象，母亲带着女儿进山采药，难道她们不怕山林里的狼虫虎豹吗？

“孙茂的父亲在孙茂四岁的时候就去世了。”

唉，看来孙茂也是个苦孩子啊。

“徐峰还说，根据调查，孙茂应该是八个月前第一次走出大山。也就是说，他应该是第一次到大城市来，第一次到北京来，然后这八个月里应该都没有回过贵州。”老杜这番话，让我颇有些吃惊，而老杜说这番话的时候，看我的眼神，也充满了深意。

如果真的像徐峰调查所得，孙茂真的是第一次走出大山，第一次来到大城市，第一次来到北京，他应该是……应该是怎样一个单纯的孩子啊！

那一天，老杜走后，我在临睡前，突然想起一首歌。

那是我在和雷海生为数不多的和谐夜晚里，一起在某个卡拉OK厅唱过的歌，歌的名字叫《红太阳》，歌词是：

那一年孤独的我离开了爹娘，

背着行囊四处流浪就过了长江；

那一天疲惫的我看见了海洋，
回头望望无尽的茫茫，
不见了故乡。
车水马龙灯红酒绿，
这个世界多么放荡，
我失去了温柔失去了善良，
失去了心里的梦想……

第三十一节

一场说走就走的旅行

案件到当下，似乎走进了死局，头绪有很多，线索有很多，但是嫌疑人死的死，跑的跑。按照第三种可能，如果主犯是孙茂，那么他人已归天，我们就算是查明了案情，也只能是尽力去找回那三十万块钱，其他的，似乎已真的结案。

然而第二天一早，老杜就打来电话，让我准备下，说今天我们开车去坝上草原，有可能晚上回不来，住在当地。

我不明白老杜为什么要带我去坝上，在北京呆了这么多年，倒也没少听说坝上的“芳名”，那是一个以草原旅游为主要产业的旅游景点，难道老杜觉得案件已经到了平台期，该带我出去溜达溜达散散心了？

自从走出高墙后，我的每一天，都过得不可预测，都过得缤纷多彩。如果说，在进入高墙之前，我一直在按部就班地工作和学习，一直希望生活能在自己的掌控之下，那么如今，我已然放弃了掌控生活的欲望，不仅仅是因为和老杜做搭档的这段日子里，每一天、每一件事，都不受我掌控，而且因为我已经被这种全新的、完全不受我预测和控制的生活所吸引。因为每一天、每一刻，都有新的不可思议的事情出现在眼前。

当然，要说喜欢破案这份“工作”，倒还不至于，毕竟它在我面前展现了太多莫名的罪恶、苦难和悲哀，然而，对于当下的我来说，这却是最好的一份“工作”，因为像我这样一个有“前科”的三十多岁的已婚女性，除了能写几篇文章之外别无他长，恐怕也很难找到一份像样的工作。倒是这份“工作”，让我觉得在旁观那些各色各样奇奇怪怪的人生的同时，内心也得到了历练，至少我不会再哀叹自己的人生，不会再感叹自己的不幸。相反，比起另一些人，我倒是幸运的、幸福的。而且，在和老杜一起调查了这些人之后，我倒逐渐如老杜所说，感觉“一切都正常”。如果说，当年我的无畏无惧，来自从小和垃圾婆一起走南闯北、风餐露宿的经历，那么如今我的有所畏惧，则来自看尽人生悲苦之后，对当下所拥有的一切的珍惜。不管是无所畏惧还是有所畏惧，最终强大的、温暖的，都是内心，只有内心的强大和温暖，才是人生真正的力量所在。

老杜到楼下的时候，按了按喇叭。我从阳台向下看，楼下停了一辆墨绿的吉普车，这让我颇感好奇，算起来认识老杜也有五六年了，这还是第一次见老杜开车。

老杜说坝上草原特别冷，于是我在背包里塞了两件厚衣服。出门前，我还特意将我和海生的合影揣进了书包里，我想带着我们的合影在草原上拍张照片，下次去探监的时候给海生看。

老杜今天穿得精神，一身运动服，一双旅游鞋，要不是光秃秃的头顶暴露了年龄，从背后看，也就三四十岁。不过老杜的确也不算太老，离五张还有几年光景。

我兴致勃勃地上了车，刚坐到老杜旁边，就忍不住开口问道:

“老杜，你什么时候买的车？”

老杜嘿嘿一笑：“去年年底你的减刑通知下来的时候买的，交警队罚没的旧车，拍卖的。”

“不错嘛，我听人说，吉普最适合爬坡。”此刻的老杜，是我这几年来看到的“最年轻”的老杜。

“是要爬坡，坝上天路最高的地方海拔一千四百多米，不开车咱俩到不了那儿。”

“哪儿？天路？”我兴奋地问。

“嗯，冷月家就在那儿。”

哇，原来不是带我出去玩儿啊！好吧好吧，就算不是带我出去玩儿，能去坝上草原走一遭，也算是旅游了。

“谁说不是带你出去玩儿？不过是顺便去冷月家瞅瞅，看看那丫头究竟是怎么长成仙儿的。”老杜像是看透了我的心思。

“哦，你是说她可能回家了吗？”

“不知道，徐峰已经派人查遍了北河渠急救中心附近所有道路的摄像头，没有发现冷月和周云起的影子。”老杜耸了耸肩膀。

“不可能，他们没有坐公交车或者打车吗？”我问道。

“看起来是没有。”

“那这两个人去哪儿了？不可能蒸发了啊？”

“应该是避开马路，徒步逃走了。”老杜一脸无奈。

“走路能走多远？他们不可能连晚上都在走路吧？总要找地方住宿吧？只要住宿，就会有身份证的登记信息。”我笃定地说。

“安子，你想得太简单了，这两个人都不是一般人，他们绝不会去住旅馆，也不会走大路。北京到处都在拆迁、施工，他们完全可以避开大路，从没有摄像头的小路和拆迁的废墟上横穿，他们也可以不住旅馆，露宿在大桥下或者农家院。密云、怀柔、门头沟等很多地方，都有很多农户开的农家院，根本不需要登记身份证，北京周边也有很多，所以只要想逃，有的是办法。”老杜幽幽地说。

也是，当年我和垃圾婆一起颠沛流离的时候，哪儿不能住啊，又有谁会在意我们的存在?

“不过徐峰说，冷月名下有两个手机号码，一个曾经在我们盘查马尾辫刘亚秀的时候，打给过刘亚秀；还曾经在孙茂自杀那天，接听过周云起的电话。还有一个手机号码就很蹊跷了，不仅多次和第一个号码通过电话，而且就在冷月消失的那天早晨，还接听过一个来自外地的公用电话，但是接听完那个电话之后，这个号码的信号就彻底消失了。”老杜说着，睁大了眼睛看着我，似乎在问我，这是为什么?

“孙茂的手机号码是多少？”我突然想到一种可能。

老杜笑了，笑得很诡异：“安子，孙茂没有手机号码。”

“不可能，板面店的老板娘说他有手机的。”

“对，但是孙茂似乎被刻意抹掉了任何痕迹，孙茂名下没有手机号码，也没有任何途径可以查到孙茂的手机号码。周云起溺水自杀昏迷时，我翻找他的手机通讯录，也没有找到任何和孙茂或者帽儿或者小帽、小茂有关的手机号码。”老杜盯着我，耸了耸肩。

“那么，冷月的另一个手机号码，应该就是孙茂的手机号码！”我相信自己的推测不会错，既然一字眉冷月给孙茂租了房子，那么有可能也给孙茂买了手机卡。不过冷月和孙茂，到底是什么关系呢？为什么她什么都替他安排好了呢？

老杜笑盈盈地看着我，竟然举起双手，给我鼓了两下掌：“推理非常合理！正是因为冷月消失的那天早晨，这个诡异的电话号码接听过一个来自外地的公用电话，接听完之后，这个号码的信号就彻底消失了，所以我才决定带你去坝上天路看风景。”

“你的意思是？冷月的家人给她打电话了？哦，不，不，一定是孙茂的家人给孙茂打电话了，然而接听的却是冷月，对吗？”

老杜微笑着点点头，“棒极了，安子，你可以荣升我的业务助理了。所有人都企图隐藏周云起和孙茂这两个人，所有人都试图抹掉孙茂的存在，可孙茂的家人总会找他，迟早都会找过来。冷月消失的时候，两个手机号全都没了信号，想必不是她和打来电话的人约好了见面的时间和地点，就是决定让打来电话的人永远找不到自己。如果约好了地点，那么这个地点应该对冷月来说是最安全最熟悉的地方；当然如果决定让打来电话的人永远找不到自己，那么就可能背道而驰。我们既然无处可找，不如就按照约好地点这个思路来寻找，就算走错了方向，也能看看冷月是怎么长成仙儿的。”

开出小区后，老杜吩咐我下车，在小区门口的包子铺买了十个包子，两杯豆浆，算作我和老杜的早餐和午餐，然后，我们就踏上了漫长的旅程。

路上，老杜对我说，徐峰已经查到，程鸣的儿子被绑架的当天，孙茂和周云起都没有去程鸣工作室，这是从潞水湾小区的监控录像里查到的。同时，徐峰已经派人去寻求电讯公司的帮助了，希望能够查出绑架案发生当日，在案发现场一公里范围内开机的手机机主。老杜说，按照当下的通信技术，是完全可以查到所有在案发现场一公里之内开机的手机机主，如果能够查到有孙茂和周云起以及程鸣工作室其他人的手机信号，就基本可以确定他们与本案密切相关。

我问老杜，为什么要去冷月的家，她可能逃回家吗？

老杜的回答却让我匪夷所思："冷月回不回家关系不大，重要的是她究竟是怎么长成仙儿的。"

看来冷月引起了老杜极大的兴趣，但愿此次天路之行，能够揭开冷大仙的成仙之谜，从而进一步接近案件的真相。

第三十二节

坝上之行

我本以为，老杜和我的这场说走就走的旅行，不会有多长时间的路程，怎么说坝上草原也算是距离北京最近的草原了。可没想到，两个小时后，我们竟然刚刚开出北京，这让我不免感叹，北京真大，同时也不免有些无聊，这一路，还要开几个小时啊？

然而老杜却兴致盎然，仿佛这真的是一场单纯而快乐的旅行，老杜跟我絮叨：

“我去年买了这辆车，就一个人跑了好多路，专拣没人走的路走。我当时就想，等你出狱了，一定要带你去看看山、看看海、看看草原；等海生出狱了，一定要带他去草原骑马，去海里游泳，去山顶搭帐篷。我快五张了，还没有享受过天伦之乐。你和海生都是我的孩子，尽管在以前的二三十年里，我没有好好地爱过你们，但是我希望，在我以后的几十年里，能够像普通人一样，享受普通的家庭生活。

“而且这几年，海生在监狱里有了很大的变化。最初一年，我去探监，给他送东西，他都大吼大叫；第二年，他不收我送的东西，却只是扭转头，不看我，不再吼叫了；第三年，他开始收下我送去的衣服，还跟我说自己想要什么东西，让我给他买了，下次送过去。第四年，也就是去年，他开始和我聊你，聊你们的未来。所以，我得到你的减刑通知后，就买了这辆车，我觉得我的好日子要来了，你们俩就要出狱了，我可以带你们俩一起好好过日子……

“这人啊，要有盼头，才有奔头，要是没了盼头，生不如死！我这些天一直在琢磨，周云起为什么要自杀，又为什么和冷月一起逃走？看到周云起，我就想起当年的我，他一定是没了生活的盼头和奔头，那么也许孙茂就是他毫无目标的生活中一个明确的希望，或者一个新的盼头。虽然他不可能和孙茂有同性之间的恋情，但是可以有兄弟之情，或者是感恩之情。周云起没有了老婆和孩子，没有了家，不可能为了钱去绑架、去杀人。之所以冷月找到他后，又唤起了他活下去的念头，一定是冷月告诉了他什么事情，我猜测有可能是有关孙茂的事情。

“我一直在想，周云起为什么到程鸣工作室去工作，又为什么和孙茂一起搬家？如果他真的和孙茂有密不可分的联系，那么他和冷月，当下一定去了和孙茂有关系的地方。”

“那你为什么不去孙茂的老家，而要带我去坝上天路冷月的老家呢？”我忍不住问老杜。

“因为我想让你看看草原，我想让你开心玩两天啊。”老杜微笑着看向我。

“老杜，你也会耍嘴皮子了？别以为我想不到，你肯定是想多等周云起和冷月几天，他们想去孙茂的老家，肯定得走些日子。”我瞪了老杜一眼，说。

老杜不好意思地笑了，挠了挠头：“你个小丫头，什么也瞒不过你。”

吉普车开进了山区，道路一侧壁立的岩石和岩石上爬满的红色植物吸引了我，金秋十月的大山好美啊！

老杜见我满脸欣喜，嘿嘿地笑了：“开心吧？安子？”

“嗯！”是啊，这么美丽的景色，纵然旅途枯燥，有这样的美景相伴，也不枉我这几个小时的生命。事实上，从高墙出来的这些日子，我的内心始终难免焦灼，看着帝都街头忙碌的男男女女，我总在想，自己终究会成为哪一个？我已经在高墙内消耗了三年生命，我又如何去寻找丢失的岁月？我最终会走向哪里？就算是我不再设计和规划自己的人生和未来，我依旧不可避免地为自己完全看不到方向的前途感到焦虑。然而此时此刻，我却暂时忘记了这些焦虑，坐着吉普车上山，穿越一个又一个隧道，感受一次又一次的山重水复柳暗花明，看见一座又一座刀劈斧砍般的山岩，遭遇一个又一个貌似悬崖的急转弯，内心越来越清净，除了对大自然鬼斧神工的伟力的感叹，剩下的，就只有满心的惊叹了。

虽然我从小跟着垃圾婆颠沛流离，也算得上走南闯北，但是却没有爬过山，没有坐车走过盘山道。小时候垃圾婆带着我，常常是走到哪儿、吃到哪儿、睡到哪儿，所以很少乘坐交通工具。垃圾婆晕车，我从小到大，就坐过几次火车，上大学后忙于勤工俭学，也从没出去玩儿过，所以我几乎就没见过大山，只是偶尔坐火车的时候，看到过火车道两旁的山川，不过所看到的景象全都匆匆而过。

所以当吉普车开进一个没有灯的隧道时，我的心提到了嗓子眼里。老杜打开了大灯，对面开来的车溅起低洼处的积水，涂满吉普的前挡风玻璃，一时间，两眼茫茫，什么都看不见了，我吓得简直要叫起来。片刻之后，雨水滑落，吉普驶出隧道，天地一片光明，我的心终于落回肚子里。

老杜看着我一惊一乍，竟然笑起来，颇有些嘲弄的味道，我不满地瞪着他，他却对我说："这你都害怕啊，你还真惜命。"

嘿，谁不惜命啊？我活到现在容易吗？老杜，你又不是不知道，我还在襁褓之中，就被你和你的哥哥们，还有那个被我亲手杀死的老武给抢走了，要不是二十六年前你心软，要不是后来垃圾婆和海生救我，我恐怕早就做鬼去了，我活到今天不容易，怎能不惜命？

我不满地"哼"了一声："谁不惜命？"

老杜却幽幽地答："是啊，谁不惜命？那为什么还有人要去绑架、要去杀人？"

是啊，为什么？这不正是我们此行要寻找的答案吗？

一路上，我们看到了巨大的风力发电车、奔跑的马、吃草的奶牛，还看到了追尾的汽车、烦躁的车主。在经历了新鲜、感叹、惊恐和倦怠等种种情感之后，我们终于爬上了老杜所说的坝上天路。

这是一条弯弯曲曲的草原之路，在广袤的天地间，顺着起伏的丘陵向遥远的天边延伸。老杜说，这里最高海拔一千四百多米，有可能会出现耳鸣或者其他不适的感觉。

老杜开上一个又一个山坡前，我一遍遍胆战心惊地说："前面有路吗？慢点，别是悬崖，别掉下去！"老杜将车开上了山顶，我才发现，过了山顶，就是蜿蜒下山的小路，我也才终于明白，所有的路都有归途，没有哪条路是绝路，会指向可怕的断崖。

就在最高的一个山坡上，老杜停了下来，我们下了车。老杜从车里拎出包子，递给我；又打开了机箱盖，取出两瓶瓶装水，递给我一瓶。我这才发现，机箱里的瓶装水竟然是热的。然后老杜带着我，从山坡的一侧走下去，进入一个小小的山谷。正午时分，站在山坡上，草原的风像老人的手，温和而粗糙地划过我的脸颊；而山谷中只有挂满棕红色树叶的美丽树木，只有温和煦暖的阳光，只有风声和初秋蟋蟀奚落的叫声，偶尔还有几声鸟鸣，没有了粗糙的风。就这样，我和老杜在暖洋洋的山谷里，开始了我们的午餐。

阳光洒落在我们身上，岁月静好。

我对老杜说："这里好美，在这里长大的人，性格一定耿直而单纯，就像这里的路，绝不骗人。"

老杜没有说话，直到吃完一个包子，才缓缓地说："这些路的确不骗人，这里的人的确也大都古道热肠，但是如果这些路被人骗了呢？这里的人被人骗了呢？"

我不解地问老杜："人怎么会骗路？"

老杜抬头看那些通往天际的山丘，叹了口气，抬头环顾山谷，低沉地说："这里的道路是属于大自然的，如果人们开发了它，利用了它，用它去赚钱，就是欺骗了它。这片草原之所以美丽，就是因为这里始终保持着自然的风貌，没有被人类过度开发。而这里没有被过度开发，是因为气候恶劣，一年只有五月到十月适合人生活，其他的七个月，这里太冷，不适合生活，所以始终保持着自然的风貌。

“安子，你知道海生为什么喜欢你？”

“不知道。”

“因为你单纯，你没有沾染城市的烟尘气，你没有丧失自然原始的勇气，所以海生喜欢你。同样，大家喜欢天路，也是因为它没有被人开发，没有被人欺骗……”

“老杜，你是说，孙茂应该是单纯的孩子？”我不由得想起了此刻已经烟消云散的孙茂。

“也许是吧。”老杜叹了口气，不再说话。

第三十三节

天路的孩子

我始终没弄明白，在人迹罕至的天路上，老杜没有导航，没有向导，也没有地图，到底是怎样找到一字眉冷月出生的山村的。然而我和老杜之间，始终有一种默契，一种天然的默契，那就是：你不说，我不问，我无理由地相信你，如同相信我自己。

在路过了许多座空落落的石块垒成的院墙之后，在绕过了一座座黄土裸露的房屋之后，我看见了白色的野猫，看见了满地跑的公鸡和母鸡，看见了一只拴在砖墙之外的大黑猪。最后，看见了一扇被风雨侵蚀的摇摇欲坠的大铁门。

老杜就将吉普停在这扇摇摇欲坠的铁门外。

我好奇地看了看老杜，他冲我微笑，没有说话，下了车，我也就紧随其后下了车。不远处的另一家农户门前，有两个七八岁模样的男孩，看着我们。

老杜在铁门前敲了半天，里面传来苍老的声音：“谁啊？”

老杜咳嗽一声，清了清嗓子，大声说：“我们找人。”

“找谁啊？”随着这句问话，摇摇欲坠的铁门打开，一位满头白发的老婆婆出现在我们眼前。

“我们想打听一个叫冷月的姑娘，她身份证上的地址是这里。”老杜回答。

“哦？你问的是小蕊吧？这里住过一个叫小蕊的姑娘，不过七八年前就走了。”老婆婆颤巍巍地说。

“哦，就是这个姑娘。”老杜掏出手机，找出冷月的照片，举到老婆婆眼前。

老婆婆凝神看了半天，才算聚拢了眼神，然后皱着眉头看了看我和老杜，问道：“你们找她干吗？”

“哦，我们想找她看病，之前她在北京的时候，我们找她看过病，后来药吃完了，再去找，就找不到人了，所以四处打听，听说她家是坝上的，找到咱们这儿的派出所。派出所给了这个地址，说是她身份证上的地址。”老杜说得有模有样，不由人不信。

“哦，她七八年前就走了。”老婆婆说完，转身就要关门。

“哦，她没回来过吗？大娘，您是她什么人啊？这是她家吗？”我见老婆婆要关门，着了急。

老婆婆半侧着身子摇摇头：“没回来过，我也不是她什么人，我就是个孤老婆子，这院子没人住，房子还结实，我就住进来了。”

“那这照片上的女孩是您说的小蕊吗？”

“嗯，是小蕊。”老婆婆点头。

“那她的身份证上为什么是这个地址呢？”我抬头打量这扇铁门，虽然风吹雨打早已腐朽，但是在很多年前，能用上这样的大铁门的人家，应该也算是有钱的人家吧？

“这座房子是小蕊家的，她家老早以前是马帮镖局，清朝那会儿，半个北京城的货都是小蕊的祖上给驮进北京的。现在镖局改叫安保，小蕊五岁的时候，安保公司的伙计反水，杀了小蕊的爹娘，劫了货。主家来讨，把所有的东西都拿走了，小蕊家就只剩下小蕊一个人。这孩子聪明，没吃的没穿的就挨家讨，吃百家饭穿百家衣长大，后来山上尼姑庵的尼姑见这孩子可怜，就带她去山上住了。”

“那后来小蕊怎么去了北京呢？”我忍不住问。

“上学去了。她走之前，老尼姑就云游四方去了，她自己挨家挨户地感谢大家，跟村里人说她要去上学了。”

“后来呢？”

“没有后来，她没回来过。”老婆婆说完就关上了大铁门，大铁门发出吱吱嘎嘎的声响，仿佛随时都会碎裂。

就在铁门关闭的那一瞬间，我突然瞥见铁门内破旧的院落里，晾晒着一方红色的三角形的布，在阳光下异常刺目。那是所有上过小学的孩子都非常熟悉的一件物品——红领巾！

难道老婆婆用红领巾包头？就算是用红领巾包头，她孤苦伶仃一个人，这么新的红领巾又是谁给她的呢？

我侧脸看向老杜，他的目光也凝滞在关闭的铁门上，我冲他点了点头，他冲我点了点头。

后来，老杜带我在天路上爬山、看景，直到傍晚，老杜带我在一家农家乐吃了羊排之后，将车开到一个山谷里。

“老杜，我们晚上不住旅馆吗？”

老杜摇头，“不着急”。

说着，老杜就下了车，我也跟着下了车。

只见老杜从车里拎出两件军大衣。

“不用，我带了厚衣服。”说着，我拎出书包，掏出衣服。

“你先穿上你的衣服。大衣我帮你拿着，等天黑就冷了，得穿大衣。”

老杜什么意思？天黑了我们穿大衣去哪儿？不开车吗？

老杜冲我微笑，不说话，锁了车门，转身走出山谷。我赶紧套上厚外套厚裤子，跟了上去。

老杜带着我，在逐渐变暗的草原上，在寒冷的夜风里前进，我辨不清方向，不知道他要去哪儿。这一次，我不能不问了。太阳早已淹没在山的那一边，落日的余晖即将被黑暗吞没，我想用不了多久，草原上便会落满月光和星光了。我已经感受到了夜的寒冷，阳光的温度正从空气中消失，寒冷的气息在夜风中挟裹着马粪的味道向我们扑来。

“我们去哪儿？”

“去下午去过的地方。”老杜低声回答。

“一字眉冷月的家？”我被老杜感染，也压低了声音。

“对。”

“为什么要去哪儿？蹲点吗？”我在高墙内待了三年，有些词，听得多了，也就熟了。

“对。”

“因为那条红领巾？”我问老杜。

“对。”

和老杜做搭档，随时可能发现新鲜的线索，不管这未知的线索究竟能否指向那神秘的真相，都让我感到炫目，有所期盼。

第三十四节

隔墙有耳

当我们靠近那扇破旧的大铁门时，天已经完全黑了。这一夜，天阴沉沉的，没有月亮，也没有星光，草原上几乎伸手不见五指，如果不是老杜拉着我的手，我真的要迷失在这片荒原之上。

那扇大铁门内闪烁着依稀的光，我和老杜躲在门外的一棵胡杨树后，静静地等待着，等待着我们期盼的线索出现。

白天爬山的时候，我和老杜看见了许多美丽的胡杨树，老杜告诉我，这种树千年不死、千年不腐，生命力超强。我们还踩到了一种躺在地上，像缩小了 100 倍的松树一样的植物，老杜说它叫“九死还魂草”，学名卷柏，不怕水不怕旱，就算干成标本，十年后照旧可以见水复活。这些植物让我对这草原、对大自然心生敬畏。此时，斜依在胡杨树上，虽然初秋坝上的夜晚，已经冷到呼出的气息都快要凝结成霜，然而听到胡杨树的树叶在风中簌簌作响，我还是能够感受到它蓬勃的活力。

老杜在我耳边轻声耳语，他呼出的热气让我觉得温暖，觉得不再害怕黑暗，他对我说：“不要说话，仔细听，风里声音可以传出很远。”

是啊，坝上天路的夜是这样宁静，这样寥落，除了风声，只有乌鸦偶尔的啼叫声，呼唤着草原万物的觉醒。我和老杜就那样一左一右地斜倚在胡杨树旁，静静地注视着那扇紧闭的摇摇欲坠的大铁门。

幸而老杜准备了大衣，幸而晚上吃了羊排，否则我真的要在天路的寒夜里冻成冰棍了。不过此时此刻，我倒没有太过焦灼和不安，从小跟垃圾婆颠沛流离，这样的寒夜并不算陌生。而且这一晚对于我来说，是平生第一次在草原过夜，也算是人生难得的经历了吧。如果说经历就是财富，那么我即将拥有一笔他人难以拥有的财富。

今天也算是有所收获，没想到冷月也算出身大户人家，没想到她竟然有那样坎坷的人生经历。如果这个寒夜里还能有更令人惊奇、令人紧张的收获，我和老杜也就真的不虚此行了。

就这样胡思乱想着，看着大铁门的门缝内闪烁的亮光，感受着坝上天路的寒冷，感受着时间滴滴答答地从漫无边际的草原上悄然溜走。

突然，我听见一个熟悉的声音在铁门内响起："老太太，这是明明的药，你喂她吃吧，我去准备明天的东西，车明早天不亮就到，我们带明明去北京手术。"天啊，这个声音和我们第一次到潞水湾见到冷月时听到的嗓音一般无二——应该就是她。

我的心狂跳起来，向一旁伸出了手，抓住了老杜的胳膊。老杜回应般将一只手压在我的手上，并且使劲向下按了按，我明白，老杜是要我稳住情绪，不要慌张，不要出声。

一会儿，又有一个男声，不过这个声音并不像刚才的声音那么干脆而高亢，低沉到几乎很难听清楚，以至于头两句，我分辨了半天，也没听明白是什么，我把两只手放在耳后，将两只耳廓向前推，以便能够仔细倾听这个男人说了什么。

过了好一会儿，这一女一男开始对话，我终于根据两个人的谈话，辨清了这个男人的声音。

男的问：“老太太说白天有人来敲门，一男一女。”

女的答：“我知道。”

男的问：“明天你别去了，我一个人带明明去。”

女的答：“没事儿，他们没有证据，要是抓了我，我正好申请国家赔偿，赚了。”

男的答：“你啊！”

女的问：“他跟你说他喜欢我？”

男的答：“你还要我跟你说多少遍才肯信啊？”

女的答：“我信，不信我能豁出去这么干？就是觉得，怎么还会有人喜欢我？”

男的答:“他说他要是讨老婆,只有讨你这样的,才能保护他。”

女的答：“唉，我也没能保护他。”

男的叹了口气，说：“我们都没能保护他。”

男的问：“你为什么不告诉他们真相？”

女的叹了口气，“嗨，你以为他们会信？我们就是麻雀，要不是帽儿死了，他们会结案？这帮官僚。”

男的也叹了口气，随后轻声问：“要不去找师太？”

女的又叹了口气说：“去哪里找师太啊！”

停顿了片刻，女的又问：“他什么时候说喜欢我？”

男的略微有些烦躁：“你有完没完。”

女的叹了口气，语调低沉下来："我都这样了，他还会喜欢我？"

男的却提高了声音："你咋样了？你不正值青春吗？"

女的幽幽地说："哥，你这不是拿我开玩笑吗？我都流过两次了，还会有人喜欢我？"

"小蕊，错了，你流过三次了。"男的更正道。

女的恼怒地说："哥，你总是揭我老底。"

"可这并不代表没人喜欢你啊！你还是这么可爱，你是我的好妹妹，我很开心看到有人喜欢你……"

两个人在草原的夜风中，渐渐陷入沉默，过了很长一段时间，女的长长地叹了口气，语调低沉："哥，你也得好好活着，以后别再动寻死的念头了。"

男的半晌没有回答，直到凛冽的寒风即将冻僵我的耳朵，他才幽幽地说了一句："帽儿死了，我还为谁活着？"

"为我啊！"女的接过话茬。

"为你？拉倒吧，你从来都不需要我。这么多年，除了借钱你啥事儿想起过我？"

"可我也是你的好妹妹，不是吗？要不你以后跟阿姨和明明一起生活吧。"

"以后？还有以后吗？"男人的声音越来越小，淹没在胡杨林沙沙的声响之中。

草原的风真的很大，然而却真的可以将声音传到很远的地方，尽管大铁门内的两个人不过是在低声私语，却全部落入我和老杜的耳中。正所谓隔墙有耳，此刻，我和老杜从这一男一女的对话中，隐约听出了我们一直在寻觅的真相。那男声，应该就是周云起，虽然我并不熟悉他的声音，但是能够和冷月讨论“帽儿”的，应该就是周云起，如果我和老杜的推测没有跑偏方向的话。不过我相信，我们不会错，我们是小猫，已经啃了那么多的“油条”，也到了快要看见“油条”的“尾巴”的时候了。

后面，我听见这二人讨论医院，从武警总医院讨论到天坛脑外科，最后女声说：“武警总医院太官僚，去天坛脑外科挂专家号准没错。明天到北京，你去挂号，挂不上就想办法加号，我带明明在附近找个民房，短租几天。医院附近的居民楼里，短租的房子到处都是。”

老杜猜得没错，如果我们没有听错人，铁门内说话的两个人，就是冷月和周云起。他们的出逃，就是为了某个人，为了某个病人！

第三十五节

因为懂得，所以慈悲

乌云终于散尽，月亮照耀草原的时候，老杜带着我，蹑手蹑脚地走向天路深处的山谷，走向吉普车。

月光洒在荒原上，照亮了我们前进的方向，老杜和我都没有说话，生怕一开口，风声就会把我们的话语传到铁门内。胡杨树在风中摇曳，在这静谧的草原深处，一片片胡杨林发出巨大的沙沙声，仿佛在向我们挑战，又仿佛在嘲笑人类的渺小。我的心里像打翻了五味瓶，各种滋味混杂在一起，简直要溢出来了，却不能说话。我什么也不能做，只能跟着老杜，蹑手蹑脚地从这片广袤的草原上走过，脚下的枯草软软的，熨帖地抚摸着我的双脚。

我小心翼翼地走着，小心翼翼地捧着心里那随时可能溢出来的情感，一句一句地琢磨着刚才听到的话。

“你为什么不告诉他们真相？”究竟什么是真相？

“你以为他们会信？”为什么不会信？

我觉得此刻的自己，就像隔着一层透光的幕布，看舞台内形形色色的人，看舞台内的预演，看不清每个人的表情和行动，只看见人影晃动，只隐约辨识出谁是谁，我焦灼而紧张，迫切地希望能够伸出双手，一把撕开这块恼人的幕布，将舞台内的一切看得真真切切、明明白白。而对于那真相，我甚至还有几分不安和恐惧，怕它比我的想象更残酷，怕它面目狰狞、鲜血淋淋。

走到吉普车前，老杜尽力小心翼翼地打开车门，以免弄出声响。月光下，这幅画面有些诡异，原本应该像一幅漂亮的汽车海报：草原清冷空旷的夜色里，墨绿的吉普车和一个粗犷的中年男子；此刻，却变成了山谷里凄冷的寒风中，暗淡的月光下，略显驼背的男子分解动作般打开一辆旧吉普车的车门。我禁不住酸涩地笑了笑，毕竟，我们不是真正的旅人，不是潇洒的游客；我们是这片静谧的闯入者，是这片秘境的探寻者。草原博大而深远，然而，它是否愿意将所有的秘密告诉我们？是否愿意用它博爱的胸怀拥抱我们？

车里和车外一样寒冷，老杜放下座椅，探身到后备厢里，扯过一条毯子，盖在我的身上。在黑暗里，我冲老杜笑了笑，然后将座椅向后放下，蜷缩在副驾驶座上，渐渐地睡着了。

我做了一个梦，梦见了一字眉冷月，梦见了麻花辫张梓光，梦见了闷葫芦焦胜东，梦见了马尾辫刘亚秀和翻鼻孔赵玉芳，还有那个已经烟消云散的年轻人孙茂。他们在马路上走着，相互间说说笑笑，从我身边走过，看也没看我一眼。我转身追过去，想问他们一些话，却发现他们越走越远，我拼命追，却怎么也追不上。

迷迷糊糊中，有人轻拍我的胳膊。艰难地睁开眼睛，看见车窗外漫天的橘色光芒。老杜轻声对我说：“安子，看日出了。”

这个清晨，我和老杜坐在吉普车里，在山谷的谷底，看见草原的太阳和我们捉迷藏，它一会儿从山谷上方露出一个小脸，一会儿又落下去，一会儿又露出大半个脸，将温暖的阳光洒在我们身上。老杜轻声对我说，太阳正走在天路上，它要翻过一个又一个山坡，才能抵达这里。

风中传来公鸡的啼叫、马蹄的声音、人的声音，依稀可以辨识出冷月的声音，她好像在招呼什么人。不一会儿，随着马蹄的声音渐行渐远，大铁门嘎嘎吱吱关闭的声音传来，一切渐渐归于平静。

又过了一会儿，马蹄声纷至沓来，越走越近，还有更多人说话的声音。远处传来锅碗瓢盆碰撞的声音，狗叫的声音，孩子的哭闹声，女人训斥孩子的声音……在千年不腐的胡杨林的注视下，草原上新的一天，又开始上演……

老杜说："他们走了，三个人，如果我没听错，应该有一个孩子，还有小冷和周云起……"

我问老杜："我们要不要跟着他们？"

老杜摇头。

"为什么？"

"让他们去吧，草原上没遮没拦，要想跟着他们而不被发现，比登天还难。我让徐峰安排人去天坛医院等着，如果他们昨晚不是有意骗我们，今天应该去那儿。"

"有意骗我们？"我不解地问。

"不排除这种可能，他们已经知道我们来了，就有可能预料到我们会去蹲点，就有可能故意骗我们。"老杜一脸严肃，全然没有了刚才喊我看日出时的温柔。

“那为什么我们不先蹲点再敲门询问？”

“如果没有可疑点，我们为什么要蹲点呢？”老杜微笑着看了看我，“好了，他们走远了，我们去吃早饭。”

这个早晨，我们在农家院吃了莜面窝窝，一个个小小的可爱的莜面窝窝，让我在暗夜里变得纷乱而冰冻的心，逐渐安定和温暖。

我问老杜：“如果他们是骗我们的，他们发现我们找到了他们，又逃走了怎么办？”

老杜叹了口气，用筷子夹起一个小小的莜面窝窝，塞进嘴里：“还是相信人之初性本善吧，二三十年前，我把你抱在怀里送给人贩子，不也是迫不得已吗？”

老杜的眼神温和，宛如黎明时若隐若现的阳光。

下山的路依旧崎岖而险峻，我却不再害怕，对这片美景的留恋却从中而生，就算是风依旧凛冽而寒冷，我却觉得这片草原是这样的清澈而美丽，广袤而空旷，让我的内心也宽阔了很多，轻盈了很多。

走出草原的时候，老杜走了不同的路，他说还是尽量避免撞见一字眉等三人比较好，以免他们改变行程。正因为这不同的道路，我见识了天路上一个广阔的湖泊，它的名字与我和老杜的此次旅行颇为契合，叫作“闪电湖”。我们的确是闪电一般出发的，几乎没有丝毫的准备和筹划，而我们收获的种种线索，也如闪电般劈开了笼罩在这起案件上的重重迷雾，只剩下一层幕布，留给我们慢慢探索。而我的心，也在看到“闪电湖”的瞬间顿悟，宛如真的有一道闪电，击溃了我心中所有的彷徨和无奈、迷茫和困顿。纵然我的未来前途不明，纵然我的当下混沌不堪，纵然我不知道自己终究会成为街头的哪一个，我都是天地的孩子，都在天地间自由生活。不管未来，不管过去，只管当下，就像这茫茫荒原上这片湖泊，自有它的来龙去脉，自有它的生生死死，何苦去筹划去算计去焦灼去安排。就像我出生之后，被老杜和他的哥哥们，还有老武偷走，又被老杜放在医院门口，任由垃圾婆捡走一样。每个人，就像这闪电湖，有自己的轨迹，就算是我拼命努力，试图逃避，最终还是回到了起点，回到了被老杜送到人贩子手里的雷海生面前。当年，老杜用自己的儿子雷海生替换了我，如今，兜兜转转，我还是回到了老杜身边，回到了海生身边。

第三十六节

变局

回京的路依旧漫长，我却对老杜说：“开慢点儿”。

我渐渐明白了人们为什么喜欢旅行，不仅仅是因为可以看美景、吃美食，而是因为旅行把旅人和日常生活以及身份割裂开来。在旅途中，你就是一名游客，你可以冠冕堂皇地忘记所有现实的烦恼和忧愁，堂而皇之地放弃所有的拼搏和努力，自然而然地抛弃所有的焦躁和不安。在旅途中，你是自然的，不管你的身份和地位、境况和收入，你都一样是大自然的造访者，没有高低之分，没有贵贱之别，轻松、天然。只要你尊重自然，自然永远对你无私地开放、真诚地奉献。所以，人们喜欢旅行，喜欢在旅途中回归那个最真实最原始最简单最松弛的自我。

晚上，抵达蒋宅口的时候，我问老杜，“上去坐坐吗？”

老杜摇了摇头，说：“累了，回去睡觉。”

“不用分析案情了？”我接着问。

老杜摇了摇头：“不用了，明天我们去局里分析，也许真的该结案了。”

是啊，也许，我们真的该结案了。如果冷月和周云起真的带一位病人去了天坛医院，那么明天，就是撕开那层幕布的最后时刻了！

次日清晨，我依旧看见老杜拎着豆浆油条，站在楼下，我依旧欢欣鼓舞地开始新的一天。命运如此厚待我，让我的每一天，都如常继续，不知道冷月和周云起的今天，是否还能够如常继续？

到了局里，我和老杜依旧坐在啤酒肚徐峰的办公室里，才两日没见，徐峰竟然仿佛老了很多，连胡子都长了。

一见老杜，徐峰就苦了脸："老杜啊，都怪你的馊主意，让我结了案，害得我这两天连家都回不去，你看看咱们局的微信公众号，都要被刷爆了，你却跑出去逍遥……"

"谁说我逍遥？昨天在坝上蹲了一夜，你又不是不知道。别说没用的，有什么新线索没有？"老杜一屁股坐在徐峰对面的沙发上，毫不客气地从茶几下摸出两瓶矿泉水，递给我一瓶。我接了水，小心翼翼地坐在他的旁边。

"说有也有，说没也没。"啤酒肚今天似乎真有点脾气，卖起了关子。

"你爱说不说，我先说。你派人去天坛医院了吗？"在徐峰面前，老杜总是拽拽的。

"肖胜带了几个人去。"

"你联系到孙茂的母亲和妹妹了吗？"

"没有。当地派出所说这娘俩打从半个月前上山采药，就没回过家。"

"孙茂的母亲没有手机吗？"

"没有。"

老杜砸吧了一下嘴，叹了一口气，"好吧，告诉我孙茂的母亲和妹妹都叫什么？有什么特征？如果我们运气好，说不定今天我就能给你找到孙茂的妹妹。”

徐峰这时候才松弛了面孔，表情柔和起来，不过目光里依旧满是质疑：“找到孙茂的妹妹有用吗？”

老杜嘿嘿一笑：“有用，找到她，就找到了那三十万块钱。”

徐峰眼睛一亮，上身向前倾斜，抵在办公桌上：“真的？”

老杜眼皮一挑，幽幽地说：“难道你不想早点回家？瞅瞅你那破样儿，胡子都长到耳朵里了……”

我本以为，今天上午，老杜会带我去天坛医院，没想到老杜哪儿也没去，带着我进了他的办公室，泡了一壶茶之后，就开始把从徐峰那儿拿来的一沓照片，一张张用图钉按在墙上，然后把一沓厚厚的卷宗扔给了我，让我好好研究。

然而我什么也看不进去，心里着了火，眼看那层幕布即将揭开，老杜却在这里悠哉游哉地看起了照片。

我盯着老杜，满心疑惑，为什么不去天坛医院？

如果冷月和周云起真的带人去天坛医院看病，不就可以抓个正着吗？

老杜的意思难道不是说冷月和周云起带到医院的人，应该就是孙茂的妹妹吗？

难道老杜言下之意，不是说冷月和周云起即将为了刚刚十岁、还戴着红领巾上学的孙茂的妹妹而启用那三十万赎金吗？

按照时间计算，不管是最简单的洗钱方法还是最复杂的洗钱方法，冷月和周云起都没有时间去洗白程鸣从银行里取出来的三十万现金，只要它们进入流通领域，很快就会被发现。如果冷月和周云起将这笔现金花费在医院里，那么就可以迅速确定他们的罪行，从而抓捕这两人，真正结案。

可为什么，为什么这个上午，老杜按兵不动？

老杜悄无声息，目光落在一张张照片上，这些照片里有程鸣死亡现场的图片，有程鸣家的照片，有美华公寓后面绑架案发生的建筑工地的照片，有孙茂和周云起租住房间的照片，还有一些我不认识的照片，比如小区单元门的照片，某户家门前的照片。好在每张照片的下面都标注了拍摄地点和拍摄时间，只要仔细辨认，就能够辨析所拍摄的对象是谁。

过了很久很久，老杜终于取下了两张照片，坐在桌前。他盯着那两张照片，凝滞不动，目光却逐渐黯淡下来。

我忍不住好奇，探身看过去。

一张是程鸣工作室的现场照，准确地说是程鸣的死亡现场。我看见了程鸣那张扭曲的脸，还看见他那还算整齐的衣服和鞋子。这张照片上究竟有什么，让老杜看得如此入神，而表情却又逐渐落寞？

另一张是一条已经穿皱的裤子，裤子从腰到屁股的部位，前后都沾染了血迹。这明显是一条男士的裤子，根据裤筒的长度和宽度，应该是一名中等身材、略微发福的中年男子的裤子。如果我没有猜错，应该就是死者程鸣的裤子。

大约过了二十多分钟，老杜才慢慢地抬起头，用左手托了下巴，胳膊肘支在桌子上，目光投向地面，眼神无光。

我小心翼翼地问，“老杜，怎么了？”

老杜没有看我，目光散落在漂浮的灰尘里，他轻声说：“安子，也许，我们真的错了。”

错了？什么错了？虽然真相尚未揭开，但是我们的第三种可能应该没有错，除非昨夜草原的风传递给我们的那一女一男的声音不是冷月和周云起的，但是怎么可能？怎么可能那么像，怎么可能说出与案情完全吻合的话？

我瞪大了眼睛看着老杜，他无精打采地叹了口气，右手的食指指向程鸣的照片。

“你看这里。”老杜的食指落在照片上程鸣的皮鞋上，那是一双墨绿色系带皮鞋，外表有一些折痕，显然已经穿了些日子，不过也有八成新，质地看起来很不错。

“这双鞋有什么问题吗？”恕我愚钝，老杜，我什么也看不出来。

“你仔细看鞋带。”

鞋带？我低头仔细看，嘿，这鞋带系的还真有点意思，两只鞋的鞋带都系在鞋内侧的位置上，而并不是常见地系在鞋的中间。

“你再看鞋底。”

鞋底？鞋底的鞋跟位置有明显的磨损，这有什么不正常吗？难道你的意思是他应该打个后掌？现在修鞋匠太难找，很多人都已经不打鞋掌了。

我皱起眉头，疑惑地看着老杜。

老杜拍了拍我的肩膀，“安子，你还是缺乏观察啊！

“这双鞋的鞋带系的位置很奇特，都在最里侧。如果不喜欢中规中矩地系在中间，就应该系在外侧，或者朝向某一侧，而不是都朝向里侧，因为都朝向里侧，走起路来，鞋带很容易相互纠缠，多少有点别扭。但是如果鞋的主人肚子有点大，蹲下起来相对困难，那么他就会坐在椅子上系鞋带，而不是蹲下来。这个时候，如果他把身子弓下去，也是可以系在中间的，但是如果俯身下去有些困难，他就会把一只脚搭在另一条腿上系鞋带，这样系的鞋带，就在最里侧。程鸣的体型微胖，肚子有点大，所以他应该是坐在凳子上系的鞋带，而这样的系法也说明，他行动起来不是那么灵活。

“再看鞋底，左脚脚跟比右脚脚跟的磨损要严重一些，正常情况下，应该是右脚比左脚磨损严重，因为我们都习惯了先抬右脚，右脚受力也比左脚多。然而程鸣的鞋子却正好相反，而程鸣也不是左撇子，所以，如果我没有猜错的话，程鸣在案发前几个月，就已经出现了轻微的脑供血不足，或者说已经有了心梗或者中风的前兆。

“再看这条裤子，这是徐峰派人从程鸣家找到的一条裤子，前后都沾染了血迹，经过鉴定，都是程鸣的儿子的血迹。那么程鸣的儿子被绑架当晚，警方发现程鸣的时候，他怀里抱着儿子，孩子满身是血。这种情况下，程鸣的裤子应该前面有血迹，而后面屁股上少有血迹，可为什么这条裤子前后都是血迹呢？”

老杜看着我，眼神里竟然有几分焦躁，几分颓唐。

第三十七节

天坛疑云

就在老杜焦灼不安之际，徐峰突然闯了进来，连啤酒肚都随着脚步上下颤动起来：“老杜，肖胜发现程鸣工作室的员工在天坛医院！”

这句话让老杜终于精神起来，他抬起头，眼神恢复了素有的犀利：“谁？”

徐峰咽了一口吐沫，说：“所有人，包括冷月和周云起！”

这句话让老杜一激灵，他睁大了眼睛，呆呆地看着徐峰，片刻，他深吸一口气，恢复了日常的平淡，回头对我说：“走！”他的语气前所未有地坚硬，宛如要在凝重的空气里结结实实地砸出一个坑来。

这是我第一次走进天坛医院，门诊大厅里满眼的病人，让我颇感不适。虽然路上老杜已经跟我说了，天坛医院以脑外科著名，全国各地的脑外科疑难杂症差不多都聚集在这里，可路过一个又一个口歪眼斜、站立不稳、目光呆滞的病人身边时，我还是强烈地感觉到了疾病的可怕和生命的可贵，心里生出一种莫名的不安和恐惧。

老杜和我找到了肖胜，而肖胜等人的发现，则让我们感到万分震惊！

程鸣工作室的所有人，包括麻花辫张梓光、闷葫芦焦胜东、马尾辫刘亚秀和翻鼻孔赵玉芳，还包括一字眉冷月和退伍兵周云起，竟然统统都来到了天坛医院！

冷月和周云起带来的病人的确是一个戴着红领巾的小女孩，和冷月和周云一起带小女孩走进天坛医院的，竟然还有一个头发半白、干枯瘦削的老阿姨！

肖胜拍了小女孩的照片和老阿姨的照片，微信传给了徐峰，但是孙茂的妹妹由于年龄小，没有办理身份证，所以当地派出所找不到孙茂的妹妹的照片；而孙茂的妈妈的身份证是十多年前办理的，虽然照片发了过来，但是和肖胜所拍摄的陪同小女孩一起走进天坛医院的老阿姨根本无从比对。所以尽管我们认为，冷月和周云起带来的小女孩和老阿姨，很可能就是孙茂的母亲和妹妹，但是不能确定。

那么当下，我们最后的赌注，也是必胜的赌注，就在医院的住院费上，一旦冷月或者周云起交给医院的现金中出现程鸣从银行提取的那三十万现金中的某一个号码，那么就可以将他们一网打尽。

我以为，我们势在必得，然而老杜的态度，却让我颇为疑惑，他并没有丝毫的兴奋，甚至没有丝毫的期待，相反，他的身体是松懈的，精神是萎靡的。我太熟悉老杜的身体语言了，他的背有些驼，他的手时不时地捏捏鼻子，时而还能听见他吸鼻子的声音，而他的眼神，也是涣散的，甚至是茫然的。

为什么？这是为什么？

老杜，我们就要抓到罪犯了，不是吗?

即便他们是为了救治病人而绑架了程鸣的儿子，也没有理由杀人，就算是《东方快车谋杀案》，程鸣也没有罪大恶极到群起而诛之的地步，而孩子，更是无辜的!

这个世界上，没有谁，可以以一个所谓正义的理由，剥夺无辜的生命!

老杜定定地望着脑外科诊室的方向，目光悲凉而颓唐。

老杜，你怎么了?在是非和生死面前，难道你犹豫了吗?难道你畏惧了吗?

不，我不要退缩!既然来了，我必有所收获，就算是冷月和周云起并没有动用那三十万的赎金，我们也必然能够从这场诡异的“聚会”中，探究到真相的端倪，是什么原因，让所有的人都聚集到了这里?难道，就是为了那个孩子?

我和老杜站在医院二楼的走廊里，穿了白大褂，倚靠在走廊的围栏上，安静地向下看。一楼的大厅尽收眼底，人来人往中，我们看见脑外科诊室的门前，坐着麻花辫张梓光、闷葫芦焦胜东、马尾辫刘亚秀和翻鼻孔赵玉芳。他们安静地坐在候诊椅上，如出一辙地木讷。冷月不在，周云起坐在不远处的候诊椅上，姿态如前，弓背低头，如果不仔细观察，很难辨认出是谁。显然，小姑娘和老阿姨都应该在诊室内，至于冷月，也许也在诊室内吧。

不知过了多久，脑外科诊室的门打开了，冷月和老阿姨架着一个小姑娘走了出来。我惊讶地发现，这个姑娘的脑袋出奇的大，准确地说，是额头出奇的大，以至于眉毛上面的部分，几乎占了一张脸的一半。这让我想起图片新闻里的索马里娃娃，大大的脑袋，干枯的身子。因为这巨大的头颅，我看不出小姑娘和孙茂的容貌有什么近似之处，不过小姑娘却依旧倔强，拼命想要挣脱身边人的搀扶，独立行走，然而却似乎因为脑袋太大太沉，总是像喝醉了的人一样站立不稳。老杜轻声在我耳边低语："应该是脑瘤，已经压迫到小脑，可能还伴随有视力和听力的下降。"

随即，我看见老杜的无线耳机闪了一下，片刻之后，老杜对我说："应该就是孙茂的妹妹，挂号的名字是孙明明，医生说是脑瘤，晚期，已经有间歇性抽搐出现，必须迅速开颅。"

老杜的话，让我的心一下子沉入水底，甚至是冰层之下，沉重、冰冷而疼痛，这么小的孩子怎么可能……

老杜咬着下嘴唇，抬了抬眉毛，又垂下了眼皮，"医生说是罕见的遗传性多发性神经纤维瘤，如果早点发现就好了……"

"现在已经治不好了吗？"我低声问老杜。

"只有开颅，只是开颅手术危险性很大，而且即便手术成功，后遗症也会伴随她一生，如果她能够多活一些年的话……"

"真可怜。可是，可是孙茂也不能绑架程鸣的儿子吧？更不能撕票吧？他可以借钱，可以求助，可以在城市里发起募捐，不管怎样，他就是不能杀人……"

"安子，也许，他并没想伤害那个孩子，也许，他根本没有杀人……"老杜忧郁地看着我，声音低沉："那张裤子的照片，你有没有仔细想过？"

裤子的照片？裤子怎么了？

"也许程鸣看到儿子的时候，他的儿子就已经浑身是血了。

看到父亲，孩子拼命躲在父亲身后，所以那条裤子的屁股上也沾满了鲜血。”我耸了耸肩，觉得自己的解释很合理。

“不，安子，如果是这样，裤腿后面应该也沾满了血，可为什么偏偏只是屁股后面有血迹呢？”老杜深深地吸了一口气，轻声对我说：“安子，也许，程鸣的儿子，是被父亲误伤致死的。”

老杜这句话，似一声霹雳，在我耳边炸开。

老杜，你什么意思？

再不小心的父亲，也不可能伤害到自己的儿子！

第三十八节

真相，就在眼前

就在我瞪大了双眼，直直地看着老杜的时候，他的无线耳机又一次闪了起来。片刻之后，老杜直起身子，迈步向楼梯走去："冷月已经交了两万的住院押金，孙明明即将被送进手术室，走吧，揭开谜底的时刻到了。"

"肖胜比对钞票号码了吗？"我跟在老杜身后，急切地问。

"正在比对。开颅手术费用较大，他们迟早会露出马脚。现在重要的不是比对钞票，而是弄清楚真相。"

真相，真相，我终于要找到你了！

老杜，你的现场图和人物关系图还都揣在我的口袋里，就让我们看一看，到底谁是真正的凶手！

此刻，我觉得自己和老杜真的太过残忍，因为我们眼前的五女二男，正全神贯注、心无旁骛地盯着正在被推进手术室的孙明明，甚至完全意识不到不远处，正有一群人在牢牢地盯着他们，并且随时准备像饿狼一样扑向他们。

老杜在我耳边低语："他们这样无所顾忌地一起出现，应该做好了充分的准备，或者已经决定放弃抵抗。"

"难道他们真的都有罪？"我轻声问老杜，内心在不停地颤抖。

“不知道。”

一场声势浩大的审讯，即将在手术室外展开，这七个人的结局，即将伴随着手术室内那个十岁女孩结果未卜的手术，一起大白于天下！

然而老杜却没有丝毫胜利的喜悦，相反，他的目光竟然消沉而凄凉。难道，他对这些人心生同情，或者，我们真的错了，他们真的没有杀死那个孩子？

时间，如电影的慢镜头一般，一秒一秒定格在手术室外，我们的身体和心灵，都在这场生死角逐中绷紧。

我看见冷月回过头来，冲我们笑，那是胜利者挑衅的微笑，随即，那浓重的一字眉在眉心处凝聚起来，仿佛所有的力量，即将从那里澎湃而出。

我看见周云起站了起来，挺直了身体，顺着冷月的目光，转向我们。他紧闭双唇，眉头紧皱，神情严肃而呆板。

我看见所有的人，都转过了头，他们的目光像一支支锐利的箭，向我们射来。他们在手术室前一字排开，站成扇形，人墙一样守护着手术室的门。

然而，就算此刻你们是正义的、仁慈的，也没有理由用另一个孩子的生命去换得这个孩子的新生。错就是错，对就是对，是非总有曲直，人生总有定论。

可为什么老杜那么沉重，沉重到我听得见他重重地踏在地面上的脚步，听得见他沉重的呼吸声。没错，老杜，人之初性本善，但是任由你有天大的理由，也没有权利去伤害一个无辜的孩子。

“对不起，打扰了，我想请你们配合警方，谈一谈。”老杜终于站在这七个人面前，开了口。

冷月就站在这七个人的中间，她左右看了看其他人，大家也都看了看她，随即，这七个人的目光同时转向老杜，谁也没有说话。

我能感受到敌意，来自这七个人的敌意。

“我们知道，你们是为了救一个人，但是如果我们没有猜错，你们中一定有人参与了程鸣儿子的绑架案，还有可能有人涉嫌杀了程鸣，所以，我们必须对你们进行盘查。”老杜说完，低头看了看脚下，似乎有些不情愿，也似乎有些无奈，然后他向后招了招手，肖胜等人就走了上来。

“走吧，我们到医护办公室去，这里说话不太方便。”说完老杜转身就要走，而肖胜等人，则迅速站在冷月等人的旁边。

有一个人，却站在那里一动不动，指手画脚，但是没有说话。这个人，正是那个干枯瘦削的老阿姨。

到目前为止，我们对这位老阿姨的身份还只是推测，她的容貌已经被岁月打磨得失去了特征。从她的脸上，看不出和孙茂的五官有太多近似之处，而她也始终没有说过一句话，即便是在坝上天路，我们也没有意识到这个人的存在。

她焦灼地挥舞着双臂，使劲地摇晃，一会儿又指着手术室的大门，满脸焦灼，我看见她的嘴张了又张，却没有说出一句话。

老杜咽了一口吐沫，低声说：“哑巴。”

肖胜走了过去，和这位老阿姨比画了几个手势，回头对老杜说："杜队，她说她不能走，她要守在这儿等她的女儿。"

老杜叹了口气，摆了摆手，然后转身走向一楼拐角的医护工作室。在他身后，是冷月等六个人，还有肖胜等人。我紧跟在老杜身后，回头却看见，肖胜留下了一个人，站在距离老阿姨不远的地方，守在手术室的门口。

"我想你们都已经知道，程鸣儿子的绑架案和程鸣死亡案件都已经结案，然而那三十万块钱还没有找到，我们一直在寻找那笔钱的下落。你们每个人，都和这两起案件有些瓜葛，所以希望你们能够提供一些线索。同时，虽然程鸣儿子的绑架案已经结案，但是还有很多疑点有待落实，我也希望你们每个人能够以诚为本，说实话，讲真话。"

说完这番话，老杜冲大家笑了笑，右手手掌向上，斜着指向冷月，"冷月，除了你，其他人我们都曾经单独询问过，我想请你先来说说，程鸣的儿子被绑架的那一天，你究竟在哪里，又做了什么？"

冷月轻轻地吸了一口气，双臂在胸前抱紧，歪着头，厉声回答："程鸣老师死的那天，我就告诉你们了，我头天早上听见程老师的电话，不放心，晚上打电话给程老师，就赶到了美华公寓后面的建筑工地。当时我看见程鸣老师抱着他的儿子，他的儿子浑身是血，又看到一个身高一米八，至少有一百六七十斤的男人顺着管子逃走了。我就追了过去，看见绑匪跳进了净化池。后来我就和程鸣一起送孩子去了医院。"

"那个绑匪真的有一米八吗？"老杜幽幽地问。

“黑乎乎的我也看不清楚，反正个头挺高，块头挺大。”

“可为什么程鸣当晚在警察局的笔录里，却说绑匪中等身材，不胖也不瘦。”老杜追问道。

“程老师800度的近视，连眼镜都在争夺中撞碎了，怎么可能看得清楚？”冷月冷笑着说。

“是吗？那你告诉我，为什么在净化池的淤泥里有周云起的脚印？”老杜的声音突然高了起来，眼神锐利。

冷月猛然愣住，身体紧绷，看向周云起，二人目光交汇，随即错开。冷月瞬间松弛了下来：“警官，这是你们一贯的办案手法吧？连蒙带诈。”

老杜嘿嘿地冷笑了一声，“是吗？好吧，那如果我告诉你，周云起的旅游鞋上，有只有净化池里才会有的凝絮剂，你又怎么解释？”

冷月倒吸了一口冷气，又一次看向周云起，周云起却没有再看她，目光落在空中。冷月的目光转向老杜：“警官，你在逼供吗？”

老杜摇了摇头，叹了口气：“我只想知道真相，可你们不肯告诉我。”

“如果我告诉你真相，你会相信吗？”冷月眯了眼睛，盯着老杜。

“你不说，我又怎么相信？”老杜反问。

“真相就是，谁都没有杀死那个孩子！是程鸣自己一屁股把孩子坐死了！”冷月尖锐的声音在医护办公室里回荡。

我愣住了，肖胜等人也愣住了，老杜却长长地出了一口气。

随即，肖胜手下一名警察笑了起来，“怎么可能？这个谎也撒得太没水平了！”

然而此刻的冷月，却像一只即将爆炸的气球，瞪大了眼睛，死死地盯着老杜。

第三十九节

每一个人都是真的，每一个人都是假的

我很难想象，如果冷月说的就是真相，那么这起案件究竟是怎么一回事儿。不过老杜并没有刺破那只鼓胀的气球，他将目光投向冷月左侧的赵玉芳。

“赵玉芳，现在轮到你了，我想你知道我想要问什么。”我喜欢此刻的老杜，眼神犀利，却没有锋芒，既不咄咄逼人，又不垂头丧气。

“我说过，我没有做过烟幕弹，我用易拉罐做爆米花机。”赵玉芳一脸怒气。

“不必再避重就轻了，绑架案发生当晚，你在哪儿？”老杜侧了脸，探究地看着赵玉芳。

赵玉芳下巴朝天，微微地晃动着脑袋，一脸的不屑，一字一顿地说：“我在家！还和孩子的老师通了快一个小时的电话。”

老杜笑笑，叹了口气，摇了摇头：“唉，你以为用家里的座机给老师打一个小时的电话就天衣无缝了？没错，你是在家里，但是为什么东明化工厂的石狮子下面有你的头发卡子，为什么邻居看见你和一个小青年一起回的家？”

赵玉芳的眼神突变，惊讶地张了张嘴，却没有说出一句话。她倒吸一口气，然后下巴终于低了下来，不再仰脸朝天。她渐渐镇静下来，冷冷地直视老杜：“东明化工厂的石狮子跟我有什么关系？我的卡子怎么可能在哪儿？简直是胡说八道。那个年轻人是我的侄子，出差顺路来家里坐坐。”

老杜笑了，“是吗？那你为什么要拽着他？你是不是怕他跑了呢？他真的是你的侄子吗？就算是你给他戴了帽子，就算是你擦掉了家里所有的指纹，但是请问赵玉芳女士，你怎么解释在单元大门上，有孙茂的指纹？”

赵玉芳怔了一下，然后气鼓鼓地看了老杜一眼，别过脸去，不再看老杜，厉声反问：“孙茂是谁？我不认识。”

老杜笑了，转脸看了我一眼，冲我眨了眨眼。

一切真的并非我想象，是老杜没有向我全盘托出？还是我错过了那沓厚厚的卷宗？还是，还是老杜在使诈？

接下来，老杜把目光投向冷月右侧的张梓光。此刻，张梓光涨红了脸，两只手紧紧地抓着冷月的上臂，冷月的衣服被抓出了褶皱，显然紧张极了，甚至连鼻翼都在不停地颤动。

老杜温和地冲她笑了笑：“别紧张，姑娘，我只想问你两个问题，请你如实回答。第一个问题，你应该已经不吃抗抑郁药了，为什么抽屉里还有药？这药应该不是你的吧？”

张梓光紧张得几乎无法开口，她粗重的喘息声和慌乱的眼神，让我都难免替她担心，担心她的精神过于脆弱，无法承受当下这巨大的压力。

冷月第一时间提出了抗议：“警官，你明明知道小张的精神有问题，还这样逼问她，也太不人道吧？”

老杜笑着摇了摇头：“不，这种压力不会对她造成伤害，相反，会让她清醒，让她恢复正常。她一直生活在假象之中，她一直企图让自己相信，企图让身边的人全都相信，她的精神有问题，然而事实上，她这样做不过是在回避年幼时那可怕的记忆。”

老杜压低了声音，身体略微向前倾，轻声问张梓光：“小张，程鸣不是你见到的第一具死尸吧？”

我看见张梓光的身体猛地一抖。

“你抽屉里的药，是孙茂的吧？”老杜盯着张梓光，歪着头，轻声地问。

张梓光的双颊红了起来，抓住冷月上臂的双手在颤抖。

“程鸣儿子口袋里的黑熊巧克力，是你给他的吧？”老杜又问，说完，他咂了一下嘴，发出了一声叹息。

张梓光终于坚持不住，软软地倚靠在冷月的身上，眼神涣散，目光绝望。

我看见，她右侧的焦胜东瞬间绷直了身体，垂在身体两侧的双手悄然握紧。

老杜不再看张梓光，将目光挪到焦胜东身上。焦胜东还穿着那件墨绿色的夹克，还是一脸漠然。

“焦胜东，上次我问你，程鸣是否无故克扣过你们的工资，你说还好。那么你能否解释一下，为什么你一次又一次向客户借钱，你既没有女朋友，又不需要租房子，为什么还要借钱应付日常开销呢？”老杜幽幽地问。

“玩游戏，买装备，很花钱。”

“是吗？什么游戏装备这么值钱，能告诉我们吗？”老杜饶有兴趣地接着问。

“你不玩，不知道。”焦胜东搪塞。

“哦？那程鸣的儿子被绑架的那天晚上，你在哪儿？”

“在网吧。”焦胜东永远一脸漠然。

“那为什么平时你都在你家附近的网吧玩通宵，可那天你却通宵在潞水湾附近的网吧？”

“打比赛，时间紧，来不及。”焦胜东神色依旧平淡。

“那你能否告诉我，那天晚上 12 点前后，为什么你不在网吧的座位上？”老杜刨根问底。

“拉肚子，上厕所。”焦胜东恰似“三句半”演员，不肯多说一个字。

老杜用鼻子轻轻地哼了一声，从口袋里掏出一个小小的封口塑料袋，打开来，倒出一个黑色纽扣一样的东西。老杜把它放在手心里，伸到焦胜东面前：“你的夹克口袋上掉了半个暗扣吧？”

焦胜东一愣，低头看自己的口袋，果真少了半个暗扣，他轻轻地晃了晃脑袋，“哦，不是我的，我的掉在家里了。”

老杜眯了眼睛，嘴角向上翘起来。

最后老杜询问赵玉芳左侧的刘亚秀，开门见山地问她的爱人是不是曾经和程鸣的现任妻子杜鹃谈过恋爱，最后却被程鸣横刀夺爱。对这个问题不置可否，说自己不了解。

我一直想问刘亚秀有关叶酸片的问题，然而老杜并没有给我开口说话的机会。老杜问刘亚秀，为什么在程鸣的儿子被绑架那天，还不到中午就出了潞水湾，在超市买了一兜儿零食，直奔美华公寓？

对于这个问题的回答是，她之前感冒，冷月给她开了个方子，抓了两副药治好了，给钱冷月也不要，买东西冷月也不收，她就干脆趁着中午出去，买了些吃的，送到美华公寓冷月的邻居家，托邻居交给冷月。

第四十节

宿命

老杜把所有的人都问了一遍，唯独不问周云起；周云起站在左侧不远的地方，落寞而孤单。看着他沉默的身影，我不禁想起老杜的那句话："人为什么活着？"

直到此时，我才发现，站在我们对面的每一个人，都在拼命努力地绷紧身躯。他们挺起了胸膛，像一群即将奔赴刑场的壮士，斗志满满，决绝而悲壮。张梓光颤抖着瞪大了眼睛，周云起不再驼背，焦胜东一脸严肃，赵玉芳下巴微抬理直气壮，冷月一字眉紧锁紧咬下唇，眯了眼睛喘着粗气。

而老杜却似乎在这群人满满的斗志中，感受到了压力。他叹了口气，耷拉了眼皮，小心翼翼地、轻轻地，揭开了最后的谜底，既没有我想象中的威武，也没有期盼已久的兴奋。相反，他似乎不忍揭开这个谜底，抑或无奈于最后的真相。

老杜的声音低沉，语调缓慢："我不知道你们为什么要隐瞒某两个人的存在。这两个人，应该就是这起案件的主犯。你们自始至终，都不肯承认这两个人曾经和你们一起工作过，曾经是程鸣工作室的员工。然而事实已经不可否认，周云起和孙茂，都曾经坐在程鸣工作室里，那三张空桌子中，有两张就是他俩坐过的。

"我想，最初绑架程鸣的儿子的人，应该是死去的孙茂吧？"

"不！小帽儿没有杀人！"冷月大声地叫喊。

“我并没有说孙茂杀了程鸣的儿子，请不要着急打断我，听我说完。”老杜睁大了眼睛盯着冷月，我感觉到了来自老杜的威压。

“如果我没有猜错的话，孙茂应该并没有和任何人商量，也许他是迫不得已，也许他是临时起意，总之他绑架了程鸣的儿子，想要程鸣拿出三十万块钱来。

“结果你们听到了程鸣的电话，猜到这件事是孙茂做的，于是你们决定帮他一把。

“中午之前，刘亚秀第一个出了办公室，买了零食，到美华公寓去找孙茂，去照看程鸣的儿子。你们应该也怕孙茂一时糊涂，做傻事，做蠢事。而孙茂一定听不进刘亚秀的规劝，或者你们当时并不想劝孙茂放弃这三十万。于是快到晚上 12 点的时候，孙茂到东明化工厂去见程鸣。你们当然知道，程鸣已经报警，所以赵玉芳到东明化工厂门前拽走了孙茂，并把孙茂带到了自己家里。这个时候，张梓光来到美华公寓，见到刘亚秀和程鸣的儿子，并对程鸣的儿子说，带他回家，然后就把他带往美华公寓后面的建筑工地。而焦胜东，应该已经在美华公寓的楼顶准备好了，只等程鸣一走到美华公寓楼下，就向下扔赵玉芳自制的烟幕弹。此时，周云起也应该已经在美华公寓后的建筑工地藏好了，就等程鸣的到来。

“事实上，你们在电话里对程鸣说，交换的地点是美华公寓附近的棚改区，是为了避免警方监听。棚改区距离建筑工地并不远，但是中间隔了一座由建筑垃圾堆成的小山。那么程鸣如何从棚改区找到建筑工地呢？必然是有人领他去，这个人，不是别人，就是你——冷月！”老杜说着，锐利的目光转向冷月。

“我开始一直想不明白，为什么在程鸣的儿子死亡的当晚，程鸣在局里做笔录时，并没有说清楚他是怎么找到建筑工地的，他只说听见了儿子的呼喊声。可如果他听见了，那么当时潜伏在附近的警员也应该听见。而且程鸣对于你的出现，和你的说法一模一样，说是你打电话给他，他告诉了你地点，你赶过去帮忙的。

“那么对于这一点，唯一合理的解释就是，有人把程鸣带到了建筑工地。那么这个人既然能够让程鸣跟着他走，不会喊叫、报警，必然是程鸣认识，甚至信任的人。这个人，肯定就是后来堂而皇之出现在现场的你——冷月。

“你假装听见了程鸣的儿子的叫声，把程鸣带到了建筑工地。因为你就住在美华公寓；因为你晚上经常加班，晚归很正常；因为你常常晚归时提着刀，走小胡同，抄近道，走建筑工地或者废墟，所以程鸣慌乱之中并没有怀疑你。于是你就把程鸣带到了扮成绑匪的周云起面前。这个时候，张梓光早已把程鸣的儿子交给了周云起，走掉了。

“接下来，也许你说的有一部分是真实的，那就是你们之中，谁都没有杀死那个孩子。

“至于那个孩子到底是怎么死的，也许，真的像你所说，他是被他的父亲不小心压死的。

“然而程鸣却不肯向警方承认这个事实，作为父亲，他被失去孩子的巨大痛苦击溃，他将失子之痛全都归罪在那名劫匪身上。

“也正是这巨大的痛苦，导致他第二天的心梗，最终死亡。”

老杜说的既没有我想象中的慷慨激昂，也没有我所期盼的义正词严，相反，他严肃的语调里藏了几分无奈，几分哀怜。

然而老杜的这番话，却让肖胜等人惊讶地张大了嘴，也在我的心头炸响一记闷雷。

怎么可能，怎么可能是真的？父亲压死了自己的儿子？老杜，你糊涂了吗？难道就凭那两张照片，你就断定程鸣的儿子是被程鸣压死的，而不是被绑匪虐待而死的？

“我虽然还有很多地方不明白，但是我已经知道，孙茂要拿到这三十万，是为了救自己的妹妹。而你们在孙茂死后，千方百计地帮助他去完成这个遗愿。但是，你们还是触犯了法律，这笔钱是赃款，你们是同案犯，你们都将受到法律的惩罚！”这本该是义正词严、慷慨陈词的一段话语，然而此刻，却被老杜渲染了一层悲凉的气息，他说完之后，发出了一声长长的叹息。

“不，你错了！我们没有拿那笔钱！我们没有罪！”冷月又一次大声叫喊起来，接着，所有的人都跟着叫嚷起来：“我们没有罪！我们没有拿程鸣的钱！”

一时间，纷乱的叫喊声让我感到不安和紧张，却也让我感到面前这六个人的愚蠢。肖胜说，已经派人将冷月交给医院的现金号码进行比对了，我就不相信，脑瘤开颅手术那高达十几万的手术费里，没有使用一张程鸣从银行提出来的钞票。唉，这六个人真是不见棺材不掉泪啊。

然而，就在此刻，一位警察推门走进医护办公室，在肖胜耳边嘀咕了几句，肖胜继而在老杜耳边嘀咕了几句。只见老杜脸色更加无奈，更加颓唐，他看了看我，在我耳边低声说：“安子，我们要输了。”

是的，我们最终还是输了！冷月付给医院的那笔高达十几万的现金里，竟然真的没有一张是程鸣从银行取出来的。这是我们最后的一招棋，本以为是决胜的一步，是万事俱备之后的东风，可没想到，我们没有借到东风！

上帝，这是怎么回事？难道冷月自己存了这么多钱？可徐峰已经调查了她的账户，没有多少钱，最近也只取了不到一万块钱。

难道是这六个人凑的住院费？徐峰的确查到，这六个人，除了周云起，每个人都在这一两天内从自己的银行账户或支付宝上或多或少取了一些钱，但是这些钱加起来也不超过 7 万，根本不够这场手术的费用。

那么，冷月手上的现金，又是怎么来的？

而冷月，又是怎样把钱洗白了？

我不相信我们会冤枉这群人，不相信！真相已经揭开，这最后的谜题，就算无法揭开，这些人，也必然都是罪犯！

第四十一节

尘埃落定

最后的谜题尚未揭开，那名叫孙明明的女孩，被推出了手术室，她那哑巴母亲跑着冲过来，推开医护办公室的门，挥舞着手臂，“喊”我们过去。

于是那六个人，一起冲向那刚刚推出手术室、躺在担架上的女孩。

医生说，这是个奇迹，他无法想象一个脑瘤晚期，已经压迫到神经的女孩，可以在这种情况下走路来到医院；更无法想象这场手术会如此成功，以至于他在手术室里向观摩的学生们得意地讲解自己的操作手法。

我看见老杜的脸色，渐渐地明朗起来；我看见这六个人的脸色，一起明朗起来。

然而，有关程鸣之子绑架案的谜题，始终没有解开，而找不到这笔钱，任凭我们的推理再合理，再精巧，也无法雄辩地证明，他们就是罪犯。

于是这起案件，就在那名叫孙明明的女孩的康复中，渐渐地黯淡了下来。随时日子一天天过去，随着新案件的发生，徐峰不再因为这起案件被媒体狂轰滥炸，老杜也不再和我讨论这起案件的细枝末节。程鸣之子绑架案涉案的三十万元，似乎真的就这样从空气中蒸发了。而此案似乎真的就此结案了，因为我们实在找不到那笔钱，而绑匪的罪名，也还是落在自杀的孙茂头上。当然，有关情节，老杜都和徐峰讲了个仔细，然而徐峰却认为，我们不可能向媒体公开，程鸣的儿子是被程鸣压死的。我们也不能就此认定，孙茂不是绑匪。所以，此案既然已经结案，就干脆就此结案吧。如果有一天，那三十万浮出水面，那么我们再推倒重来，相信那个时候，就能够真的水落石出。

然而我，却始终揣着一个谜题，揣着许多个谜题。

两个月后，孙明明出院，我又一次见到了这六个人，他们一起接孙明明出院。

我跟在他们身后，默默地走着，我看到周云起背着孙明明，我看到刘亚秀给孙明明披上了外套，我看见冷月搀扶着那位哑巴老阿姨，我看见张梓光拎着孙明明的住院用品，我看见赵玉芳走在前面，拦了一辆出租车，我看见焦胜东打开了后面的车门……

然后，这一行八个人中，五个人上了车，赵玉芳和焦胜东站在车外，向车内的人挥手道别。

看着这一幕幕，我的心里充满了酸涩，眼泪在眼眶里打转，虽然那个叫作孙茂的年轻人已经在几个月前死去，然而他曾经同事过的六个人，却倾尽全力、豁出性命，帮助了他的妹妹，这是为什么？

是什么力量，把这六个人凝聚在一起？

是什么原因，让这六个人不顾一切，将这场绑架演绎到底？

只是因为他们的善良和热心吗？

回家的路上，我碰巧和刘亚秀坐同一趟公交车，她下车的时候，我也跟着她下了车，随后从背后喊了她的名字。

那一天，我对刘亚秀说："我想知道真相。我不是律师，也不是警察，更不是什么正义的化身，我的爱人现在还在监狱里，我也在高墙内住了整整四年。我杀过人，因为我杀的人想杀死我。我并不认为所有的杀人犯都是心狠手辣的刽子手，也并不认为所有的案件都是凶残而暴力的。相反，我相信人之初性本善。程鸣之子绑架案，是我出狱后遇到的第一个案件，我没有责任和义务去破案，我更不是希望能够翻案，也不是要找回那三十万，我只是希望看到真相，因为我始终不明白，你们为什么要这样做，为什么要隐藏那个叫孙茂的小伙子。我始终不能对你们的所作所为感到释然，我是否可以和你聊一聊。"

那一天，我和刘亚秀聊了很久，从我和海生、老杜，聊到我曾经一而再、再而三地流产……最后，我还是回到了那个有关叶酸片的问题。

终于告诉我，叶酸片是小冷给的，小冷吃了一多半，后来流产了，不吃了，就给她了。

她没有告诉我冷月怀的是谁的孩子，只是对我说，冷月其实最可怜，她一直在期盼爱，一直在索取爱。可是直到她索取的那个人死了，她才终于明白，自己的索取不过是一场空；直到爱她的那个人死了，她才知道，自己期盼的爱，其实一直都在。

当天傍晚，当我把刘亚秀告诉我的话转述给老杜的时候，老杜长叹一声，对我说，他，其实早就猜到了。

老杜说，人们总是这样，越是缺少的，越会彰显，正因为冷月缺少爱，缺少温暖，所以她自始至终都表现得那么博爱，那么自信，那么坚定。然而事实上，她的内心必然有一个巨大的黑洞，这个黑洞将她吞噬，以至于只要有人需要她，她就会飞蛾扑火一般冲上去。程鸣，一定是她的一盏灯，她以为，只要拼命努力，就能够最终获得他。然而，她没有获得，所以她连半瓶洗洁精都不肯白白送给程鸣。

我问老杜："你的意思是，冷月的坚强和无畏，都是装的？"

老杜叹了口气，答道："谈不上装与不装，每个人都是真的，每个人又都是假的。"

"那么周云起呢？"我问老杜。

此刻，老杜和我正站在老杜家楼下的花坛前，也就是月坛北小街的小区里，落日的余晖照耀着老杜的头顶。老杜照旧抓了一把鸽粮，递给了我。

"经历了这件事，周云起不会再寻死了，不过他一定还很想念孙茂。我后来问过美华公寓 410 的黑女人，她告诉我，孙茂救过周云起的命。"说着，老杜抬起了手臂，两只归巢的鸽子，落在他的手臂上。

"周云起在新兵训练的时候曾经在坝上待过几个月，想必是那时候认识了冷月。周云起到北京后，到 411 找冷月，冷月到邻居家给孩子看病，周云起在冷月屋里等，吊扇在他头顶晃悠。孙茂路过，看见吊扇即将掉下来，扑过去救了他。"

“怪不得周云起死也要保护孙茂。”我恍然大悟。

“周云起是为了报恩，同时孙茂也成了周云起的希望，在他眼里，孙茂就像他的孩子，他要保护他。”说完，老杜手臂一挥，鸽子腾空而起，老杜将手中的鸽粮撒向空中。

“他们两个真的没有那种关系？”

“我相信——没有。”落日的余晖映在老杜的眼睛里，闪烁着晶莹的光。

第四十二节

诺亚方舟

我本以为，这起案件就此尘埃落定，然而一个月后的一天下午，我刚刚给海生送了一件棉服，从石门监狱出来，就接到了老杜的电话。老杜在电话里神秘兮兮地说：“你快到局里来，有好戏！”

“什么好戏？”

“来了你就知道了！”老杜的声音，透露出几分兴奋。

老杜站在徐峰的办公桌旁，而坐在办公桌对面的沙发上的，竟然是冷月和一位光头、穿灰色长袍的老妇人！而这一次，连徐峰都瞪大了眼睛。

我推门而入的时候，冷月正坚决地说：“我绝不撒谎！不信你们问师太。”

我转眼看老妇人，这是一位六十岁上下的婆婆，面目慈祥，眼睛里饱含沧桑，既没有广场舞大妈的活力，也没有居委会大妈的热情，表情冷淡，神色凄凉。如果我没有猜错，她的光头和长袍，表明她是出家之人。

老太太并没有立即开口说话，她把手腕上的橄榄手串褪了下来，捏在手里。每一颗橄榄上，都刻着面目狰狞的罗汉。她用两只手的大拇指和食指将手串上的橄榄逐一数过一遍后，才缓缓地开了口。

“我既然答应了小蕊，就不能不说实话。我已经十多年没见到程鸣了。我的儿子我知道，程鸣算不上一个好人，他爸说他上大学的时候就常常领同学回家过夜，有男同学，也有女同学。后来他爸发现他和一个男同学在床上苟且，就告诉了我。当时我和他爸离婚也有些年了。我就去看他，好话歹话说了一箩筐，然而他谁的话也听不进去。程鸣研究生毕业前，有一个男生找到庙里来，要死要活地求我说服程鸣别和他分手。唉！为这孩子，我费尽了心思，还是不能够改变他。我一生不幸，父母早亡，丈夫背叛，儿子不孝。程鸣后来到庙里看过我两回，再后来，小蕊考上了大学，我就云游各地，再没和他联系过。直到一个月前，小蕊找到我，对我说，他走了。唉，早知今日，当初我真该带他受戒出家。自作孽，不可活啊！”

老太说完，双手合十，低下了头，不再说话。

冷月急切地说：“帽儿来工作室应聘的那一天，程鸣的眼睛就直了，他让我给帽儿租房子、买手机卡，我问他为什么，他说这孩子有潜力，要从头好好教。后来程鸣常常叫帽儿加班，晚了就留他睡在办公室里。再后来，帽儿有一次加班，竟然只穿了一条秋裤跑回来了，他哭着跟我和云起说，程鸣把他……

“我当时劝帽儿报警，他不肯，说没听说男人强迫男人被抓起来的……后来帽儿好几次想离开工作室，程鸣都不肯放他走，还扣了他的身份证。帽儿出来是为了给妹妹赚钱看病的，他后来哭着跟我说，自己什么也不会，什么也不懂，坐地铁都坐反，只要能在这儿挣到钱给妹妹看病，什么委屈都可以忍。

“可忍来忍去，帽儿就抑郁了。云起一直在保护帽儿，可帽儿太软弱，程鸣一拿工资要挟他，他就顺从了。程鸣扣我们所有人的工资，每月扣 1500，说是扣下来交五险一金，实际上他没给任何人上五险一金，甚至连合同都没跟我们签。

“后来帽儿病了，屁股坐不住，就很少去工作室了，云起也不让他去。可他妹妹的病越来越重，需要钱开刀。

“帽儿不是诚心要绑架程鸣的儿子的，他是来找程鸣要钱的，正巧在办公室门口看见了程鸣的儿子。程鸣的儿子之前就喜欢帽儿，自然就跟着帽儿出去玩了……

“帽儿也是被逼急了，才跟程鸣要钱的，再说我们谁也没有伤害那孩子，大家都生怕吓着他，小心翼翼地照顾他……

“抬头三尺有神灵，老天作证，帽儿没想害人，帽儿真的没想害人！程鸣是师太的儿子，那孩子是师太的外孙，我是师太养大的，我是程鸣的，呃，呃，算是师妹吧，怎么可能让人伤害程鸣和那孩子！”

冷月的声音越来越大，几乎要喊叫起来，我看见她的两眉之间凝成了一团黑色的雾；我看见她的眼睛里有闪亮的泪光。

“那孩子实在可怜，可帽儿才是最可怜的，他知道那孩子死了，就不想活了，云起看着他，一不留神，帽儿就跳楼自杀了！我们连程鸣的死都没敢告诉他，他就跳下去了！”

冷月声音嘶哑，仿佛此刻，她正站在那栋楼前，眼睁睁地看着孙茂从空中落下，看见那个叫孙茂的年轻的生命就此烟消云散。

“警官，相信我，虽然程鸣是大学教授，是我的大恩人师太的儿子，但他真的不是个好人！警官，就算你们不相信我，你们总该相信师太吧？

“有师太证明，你们可以给帽儿翻案正名吗？

“帽儿人虽然没了，但人过留名雁过留声，不能让帽儿背着杀人犯的罪名在地下做鬼啊！帽儿是个好人，他是被程鸣给害的啊！

“你们说帽儿是绑匪，说他是杀人犯，老天爷不会答应的！真正害人的，是程鸣啊！

“帽儿帮过所有的人。我流产三次，每次都是程鸣逼着我去流产，第三次我在程鸣的屋子里上吊，就想死给他看，是帽儿发现了我，把我给救了。帽儿是个太善良、太热心、太单纯的人，赵玉芳的钱包在公交车上被小偷偷了，一车的人都不管，就帽儿一个人冲了过去。小张每次哭鼻子，帽儿都陪着掉眼泪，程鸣想欺负小张，帽儿拼了命救出小张。焦胜东喜欢小张，帽儿知道了，就帮焦胜东给小张写信……

“我不要求国家赔偿，我就要求公开声明孙茂无罪……”

空气中，回荡着冷月歇斯底里地喊叫声，她的脸上挂满泪水，血红的双眼死死地盯着我们，仿佛在宣告一场天国的审判。

渐渐地，冷月的面孔模糊起来，我仿佛看见那个叫孙茂的年轻人，在空中浮现，他轻盈地飘浮着，背对着我们，扭过头来，冲我们每一个人笑，笑得那样卑微，笑得那样勉强，笑得那样谦卑，笑得那样委屈，眼中含着泪水，眉宇间藏着无尽的忧愁。

晚上，老杜给我做了炸酱面，不知从几时起，我们越来越像父女，或者说我们本来就是命运安排的父女吧。我给他买了一把谭木匠的梳子，他随身带着。他为我做饭，比雷海生做的不差分毫。

我们一起喝酒，做饭，有时有说不完的话，有时也可以安静地对望。我们就是家人，我们之间不带有任何感情色彩，却有着永远不会变淡的浓浓的亲情。

那一晚，我们聊了很多，周云起、冷月、孙茂、张梓光、赵玉芳、焦胜东、刘亚秀……也许对于他们来说，彼此，就像我和老杜，在朝九晚五的相处中，已经成为家人。

想必对于周云起来说，孙茂就是他的灯塔吧，或者，他们是彼此的灯塔。他们一定也一起喝酒、做饭、吃饭，有时有说不完的话，有时也可以安静地对望。他们就是家人，他们之间不带有任何感情色彩，却有着浓重的亲情。

想必对于冷月来说，她心里的灯塔，最初也许就是程鸣吧，可那座灯塔最终倒塌了，变成了她无尽的怨念，以至于她在他的茶叶里加上类似慢性毒药的中药，宁愿他慢慢死去，也不愿离开他。而她后来的灯塔，必然是那个她问了多少次“他真的会喜欢我吗”的男孩孙茂。可惜，在她发现他是自己的灯塔的时候，那盏灯，已经熄灭了。

人生无常，生命无常。

也许在这些人心中，只有一个人，是不变的灯塔，那——就是孙茂，于是，他们倾尽全力，他们不顾一切，他们甘冒风险，只为——爱。

老杜说，其实，还有更多的人，在传递着爱，他们是美华公寓的黑女人、翠翠、大胖、二蹦子、老姚、三婶、二妞、土豆……如果没有他们，冷月又如何将那三十万元变成不沾一丝一毫血腥气息的钞票？

潞水湾绑架案件，以及程鸣命案，就这样结束了。老杜和我，以及徐峰，最终都没能在这起案件中胜出。换言之，我们失败了，虽然有很多时候，我们看起来即将将那真正的罪犯缉拿归案。

在人生的很多时候，我们本以为，我们会看清楚人生，看清楚这个世界，然而最终，我们心中所有的正义和公平，还是抵不过那个字——爱。

只有爱，唯有爱，才是这个世界上最温暖最正义的所在。

人为什么活着？

为了——爱。